Pierre Tarantelli

CŒUR DE CHIEN

MIKHAÏL BOULGAKOV

Cœur de chien

TRADUIT DU RUSSE PAR VLADIMIR VOLKOFF

LE LIVRE DE POCHE

I

Hou! Hou! Hou! Hou! Hou... Oh! regardez-moi, je crève. Sous la porte cochère, la tempête de neige me chante mon requiem et je hurle avec elle. Crevé, je suis crevé. Un gredin au bonnet crasseux, le cuisinier de la Cantine diététique pour les fonctionnaires du Comité central de l'Economie populaire, m'a jeté de l'eau bouillante et m'a brûlé le flanc gauche. Quel saligaud, tout prolétaire qu'il est! Seigneur, mon Dieu, comme j'ai mal! Je suis ébouillanté jusqu'à l'os. Alors je hurle, je hurle, mais ça n'aide pas de hurler.

Qu'est-ce que je lui avais fait? Je leur bouffe leur part, au Comité de l'Economie populaire, si je fouine un peu dans la fosse à ordures? Grigou, va! Vous devriez un jour regarder sa gueule : c'est qu'il est plus large que haut, tiens! Un voleur sans vergogne. Ô hommes, ô hommes! C'est à midi que le vieux bonnet m'a régalé d'eau bouillante, et maintenant le soir tombe, il doit être environ quatre heures de l'après-midi, à en juger d'après l'odeur d'oignon qui s'échappe du poste des pompiers de la Prétchistenka. Les pompiers dînent de sarrasin, comme vous savez. Rien de plus mauvais, c'est comme les champignons. Cela dit, il y a des chiens de ma connaissance, du quartier de la

7

Prétchistenka, qui racontaient qu'au restaurant Bar, boulevard Néglinny, on bouffe un plat du jour fait de champignons à la sauce piquante à 3 roubles 75 kopeks la portion. Il faut aimer ça. Autant lécher un sabot. Hou! hou! hou!

C'est insupportable comme mon côté me fait mal, et je vois très distinctement ma carrière future : demain j'aurai des plaies, et avec quoi, je vous prie, vais-je les soigner? En été, on peut fiche le camp au parc de Sokolniki, où il y a une très bonne herbe spéciale, et on peut aussi y bouffer gratis son content de bouts de saucisson, y lécher tant qu'on veut les papiers gras laissés par les citadins. N'était le vieux birbe qui, sur la pelouse, au clair de lune, vous chante *Céleste Aïda* à vous décrocher le cœur, ce serait vraiment très bien. Mais à cette époque-ci où aller? On ne t'a pas flanqué des coups de botte? Si fait. On ne t'a pas jeté des briques dans les côtes? Gracieuseté reçue plus d'une fois. J'ai tout vécu, je suis résigné à mon destin, et si je pleure maintenant, c'est seulement à cause du froid et de la douleur physique, parce que mon âme n'est pas éteinte... C'est vivace, une âme de chien.

Mon corps, lui, est rompu, fracassé, les hommes l'ont tyrannisé à satiété. Le pire, c'est quoi? Quand il m'a ébouillanté, c'est entré sous le pelage, et, par conséquent, je n'ai plus rien pour protéger mon flanc gauche. Je peux très bien attraper une fluxion de poitrine, et, dans ce cas, citoyens, je crèverai de faim. Quand on a une fluxion de poitrine, il est d'usage de se coucher dans le vestibule, sous l'escalier, et qui donc à ma place, chien prostré et célibataire, ira faire les boîtes à ordures pour y chercher mon alimentation? Le poumon atteint, je n'aurai plus qu'à ramper à plat ventre, je perdrai mes forces, et n'importe quel ouvrier spécialisé m'assommera à mort avec un bâton. Et les concierges à plaques me prendront par les pieds et me jetteront sur le tombereau...

De tous les prolétaires les concierges sont les pires des ordures. C'est des épluchures d'homme, c'est la plus basse catégorie. Les cuisiniers, ça dépend. Par exemple feu Vlas, de la Prétchistenka. Il en a sauvé, des vies. Parce que, en cas de maladie, le plus important c'est de manger un morceau. Et voilà, disent les vieux chiens, il arrivait à Vlas de vous jeter un os avec cinquante grammes de viande après. Dieu ait son âme pour le récompenser d'avoir été une vraie personnalité, un cuisinier de grande maison qui avait servi chez le comte Tolstoï et non pas au Comité diététique. Ce qu'ils y concoctent, dans leur diététique, c'est incompréhensible pour une intelligence de chien. Les salauds! Ils vous font cuire une soupe aux choux avec de la viande salée qui pue, et les pauvres gens n'en savent rien. Ils y courent, ils en bouffent, ils s'en mettent jusque-là.

Prenez une dactylo de onzième classe qui touche cinquante roubles, et en plus, c'est vrai, son amant lui fait des cadeaux : des bas en fil de Perse. Mais pour ce fil de Perse, ce qu'elle doit supporter comme outrages! Parce que lui, il ne lui fait pas ça à la papa : il lui inflige l'amour à la française. Entre nous, ces Français, ce sont des cochons, encore qu'ils boustifaillent bien, et toujours avec du vin rouge. Ouais... Donc, elle arrive en trottinant, cette dactylo : à cinquante roubles, on ne va pas au Bar. Elle n'a même pas de quoi se payer le cinéma, et pourtant le cinéma, pour une femme, dans la vie, c'est la seule consolation. Elle tremble, elle fait la grimace, mais elle bâfre... Pensez-y seulement : 40 kopeks pour deux plats, alors que ces deux plats n'en valent même pas 15, parce que l'intendant a volé les 25 autres. Vous croyez que ça lui profite, un régime comme ça ? Elle a le haut du poumon droit déglingué, et une maladie féminine pour cause de France, on lui a fait une retenue sur son salaire, à la cantine on lui a fait manger de la viande pourrie, et la voilà, la voilà qui court à la porte cochère avec les bas offerts par son amant... Elle a froid aux jambes, la bise lui gèle le ventre, parce que ses lainages valent mon pelage, et sa culotte lui tient frais, ça n'est rien qu'une illusion en dentelle. Des loques, pour son amant. Si elle en enfilait une en flanelle, si elle essayait seulement, il se mettrait à hurler : « Comme tu manques de grâce ! J'en ai assez de ma Matriona, j'en ai marre de ses culottes de flanelle, l'heure de ma grandeur a sonné, à cause que maintenant je suis président, et tout ce que je volerai, ce sera pour des corps de femme, pour des queues d'écrevisses, pour de l'Abra-Dursso, parce que j'ai eu assez faim dans ma jeunesse, ça me suffit, et il n'y a pas de vie après la mort. »

J'ai pitié d'elle, oui, j'ai pitié ! Mais j'ai encore plus pitié de moi. Je ne le dis pas par égoïsme, pas du tout, mais parce que véritablement nous ne sommes pas à égalité. Elle, au moins, à la maison, elle a chaud, tandis que moi, moi... Où vais-je aller ? Hou ! hou ! hou ! hou !

— Toutou, toutou ! Petite boule, eh, Bouboul... Qu'est-ce que tu as à geindre, mon pauvret ? Qui t'a fait du mal ? Oh là là !

Cette sorcière de tempête de neige sèche a ébranlé le portail et flanqué un coup de balai sur l'oreille de la demoiselle. Elle lui a retroussé sa petite jupe jusqu'aux genoux, elle a dénudé ses petits bas crème et une mince bande de petit linge de dentelle mal lavé, elle lui a étouffé la voix et elle a enseveli le chien.

Mon Dieu, quel temps! Hou!... Et mal au ventre en plus. C'est cette viande salée, cette viande salée! Quand tout cela finira-t-il donc?

Penchant la tête, la demoiselle se lança à l'assaut, força le portail, et, une fois dans la rue, elle tourna, elle tourbillonna, elle fut jetée de côté et d'autre, puis la vis de la neige s'empara d'elle et elle disparut.

Le chien, lui, resta sous la porte cochère, et, souffrant de son flanc martyrisé, se serra contre le mur glacé, ne respira plus et décida fermement de ne plus bouger de là, d'y crever, sous cette porte cochère! Le désespoir l'écrasa. Une douleur si amère lui poignait l'âme, il se sentait si seul, il avait si peur, que de menues larmes de chien, telles des pustules, lui sortaient des yeux et séchaient sur place. Son flanc entamé saillait par pelotes feutrées et gelées entre lesquelles on voyait les sinistres taches rouges de la brûlure. Comme ils sont stupides, idiots, cruels, les cuisiniers! « Bouboul », avait-elle dit. Du diable si « Bouboul » s'appliquait à lui. Une petite boule, c'est quelqu'un de rond, de repu, de bête, qui bouffe des flocons d'avoine, le fils de parents aristocratiques, tandis que lui, hirsute, dégingandé, déchiré, n'était qu'un clochard efflanqué, un chien sans domicile fixe. Cela dit, merci tout de même pour la gentillesse.

De l'autre côté de la rue, la porte qui donnait sur un magasin brillamment éclairé claqua et un citoyen s'y montra. Oui, un citoyen, pas un camarade, et même, selon toute probabilité, un monsieur. Plus proche, il devint plus clair que c'était un monsieur. Vous pensez que j'en juge d'après le pardessus? Sornettes. Des pardessus, à l'heure actuelle, il y a beaucoup de prolétaires qui en portent. Il est vrai que les cols ne sont pas les

11

mêmes, cela va sans dire, mais de loin on peut s'y tromper. Mais les yeux, que ce soit de près ou de loin, on ne les confond pas. Oh! les yeux sont chose significative. Comme un baromètre. On y voit tout : qui a une grande sécheresse dans l'âme, qui, sans rime ni raison, peut vous allonger un coup de botte dans les côtes, qui, lui-même a peur de tout. C'est exactement à ce genre de larbin-là qu'on aime choper la cheville. Tu as peur, donc tu le mérites. Rrrr, ouah ouah!

Avec assurance, le monsieur traversa la rue dans une trombe de neige et s'avança sous la porte cochère. Oui, oui, vers le chien, pas de doute. Ce n'était pas lui qui allait manger de la viande salée pourrie, et, si jamais on lui en servait quelque part, il ferait un de ces scandales, il écrirait aux journaux : « Moi, Philippe Philippovitch, on m'a filouté sur la nourriture! »

Le voilà qui approche de plus en plus. Celui-là, il mange abondamment, il ne vole pas, il ne va pas vous donner de coups de pied, lui-même, il n'a peur de rien, et, s'il n'a peur de rien, c'est qu'il est toujours repu. C'est un professionnel de l'intelligence, avec une barbiche pointue à la française et une moustache grise, duveteuse, conquérante, comme un chevalier français, mais son odeur, qu'apporte la tempête, est désagréable : il sent l'hôpital. Et le cigare.

Qui diable pouvait donc l'amener à la coopérative du Centre économique, je vous le demande? Le voici tout près... Qu'attend-il? Hou! hou! hou! Que pouvait-il acheter dans cette sale petite boutique? La galerie Okhotny ne lui suffit-elle plus? Qu'a-t-il acheté? Du saucisson. Seigneur, si vous voyiez avec quoi on le fait, ce saucisson, vous n'approcheriez pas de la boutique. Donnez-le moi plutôt.

Le chien rassembla ce qui lui restait de forces, et, perdant la tête, quitta la porte cochère pour ramper sur le trottoir. La tempête, là-haut, déclencha une fusillade en faisant claquer une banderole de toile sur laquelle on lisait, en lettres énormes : « PEUT-ON RAJEUNIR ? »

Bien sûr, on peut. Cette odeur m'a rajeuni, elle m'a relevé, moi qui étais prostré, avec ses vagues de feu elle m'a écrasé mon estomac vide depuis deux jours, cette odeur a vaincu celle de l'hôpital, c'est l'odeur paradisiaque de viande de cheval hachée avec de l'ail et du poivre. Je le sens, je le sais, dans la poche droite de sa pelisse, il a du saucisson. Il est au-dessus de moi. Ô mon seigneur et maître ! Accorde-moi un regard. Je meurs. Ô âmes d'esclaves que nous sommes, ô destin servile !

Le chien rampe sur le ventre, comme un serpent, s'arrosant de larmes. Prêtez attention au forfait du cuisinier. Mais vous ne m'en donnerez pour rien au monde. Oh! je les connais, les gens riches! Cependant, soyons sérieux, à quoi vous sert-il? Qu'allez-vous faire de viande de cheval pourrie? Vous ne trouverez nulle part pareil poison, sauf au Mosselprom. Et vous avez déjeuné, vous, aujourd'hui, vous êtes une personnalité d'une importance mondiale grâce à vos glandes sexuelles mâles. Hou! hou! hou... Il s'en passe du joli, dans le monde! Apparemment, il n'est pas encore temps de mourir, et le désespoir, c'est indéniablement un péché. Lui lécher les mains, rien d'autre à faire.

Le mystérieux monsieur se pencha vers le chien, une monture dorée brilla autour de ses yeux, et il tira de sa poche un rouleau de papier blanc, de forme allongée. Sans ôter ses gants marron, il déroula le papier dont la tempête s'empara aussitôt, et rompit un morceau du saucisson qui s'appelait « Spécial de Cracovie ». Tiens, le chien. Ô être désintéressé! Hou hou hou!...

— Turlut, turlut, sifflota le monsieur, et il ajouta d'une voix sévère : Prends, Bouboul! Bouboul!

Et c'est encore Bouboul! Me voilà baptisé. Au reste, appelez-moi comme vous voudrez. Ce haut fait de votre part vous en rend digne.

Le chien arracha aussitôt la peau, planta ses dents dans la Cracovienne avec des sanglotements et la déglutit en deux temps. Ce faisant, il s'étouffa avec le saucisson et la neige à en pleurer, parce que, par avidité, il avait failli avaler la ficelle. Encore et encore je vous la lèche la main. Je vous baise le pantalon, mon bienfaiteur!

— Pour l'instant, ça suffit.

Le monsieur parlait abruptement, comme s'il commandait. Il se pencha vers Bouboul, lui regarda les yeux d'un air inquisiteur et, chose inattendue, lui passa sa main gantée sur le ventre en une caresse intime.

— Aha! fit-il d'un ton significatif. Pas de collier. Epatant. C'est justement toi que je veux. Suis-moi.

Il claqua des doigts.

— Turlut-turlut.

Vous suivre? Mais jusqu'au bout du monde! Cognez-moi avec vos bottines de feutre, je ne dirai pas un mot.

Le long de toute la Prétchistenka luisaient les réverbères. Quelque mal que lui fît son flanc, Bouboul l'oubliait de temps en temps, n'étant absorbé que par une seule pensée : ne pas perdre dans la cohue la miraculeuse apparition en pelisse et lui exprimer, d'une manière ou d'une autre, son amour et sa fidélité. Et, par sept fois, tout au long de la Prétchistenka jusqu'à la ruelle Oboukhov, il les exprima. Il lui baisa la bottine près de la ruelle

Mertvy; faisant place nette devant lui, par ses hurlements sauvages, il fit peur à une dame à un tel point qu'elle s'assit sur une borne; et une ou deux fois il poussa un petit hurlement pour entretenir la pitié qu'il inspirait.

Un chat vagabond de la pire espèce, aux fausses allures de Sibérien, apparut au détour d'une gouttière, et, magré la tempête de neige, flaira la Cracovienne. A l'idée que le riche original qui recueillait des chiens blessés sous des portes cochères, serait capable d'emmener aussi ce voleur avec lui et qu'il faudrait alors partager les productions du Mosselprom, Bouboul en perdit la vue. C'est pourquoi il adressa au chat un tel claquement de dents que, l'autre, avec un chuintement semblable à celui d'un tuyau crevé, grimpa le long de la gouttière jusqu'au premier étage. Grrrr... ouahou! Hors d'ici! On ne peut pas faire des réserves de Mosselprom pour toute la canaille qui rôde sur la Prétchistenka.

Le monsieur apprécia cette marque de dévouement et, juste devant la station de pompiers, sous la fenêtre par laquelle on entendait l'aimable gargouillement d'un cor d'harmonie, il récompensa le chien d'un deuxième morceau, un peu plus petit, d'une vingtaine de grammes.

Il est drôle. Il veut me séduire. Ne vous inquiétez donc pas! Je n'ai aucune intention de m'en aller où que ce soit. Je vous suivrai où vous voudrez.

— Turlut-turlut! Ici!

Dans la ruelle Oboukhov? Avec plaisir. On la connaît fort bien, cette ruelle.

Turlut! Ici! Avec plai... Ah! non, permettez. Non. Ici, il y a un portier. Or, il n'est rien de pire au monde. C'est beaucoup plus dangereux qu'un concierge. Une race absolument répugnante. Plus dégoûtante que les chats. Equarisseur galonné, va !

— Mais n'aie pas peur, viens.

— Mes respects, Philippe Philippovitch.

— Bonjour, Fiodor.

Ça, c'est quelqu'un ! Mon Dieu, qui mon destin de chien m'a-t-il fait rencontrer ! Qu'est-ce que c'est que cet être qui, sous le nez d'un portier, peut introduire des chiens des rues dans un immeuble résidentiel ? Regardez-le, ce pleutre : pas un son, pas un geste ! C'est vrai qu'il fait nuit dans ses yeux, mais, dans l'ensemble, il paraît indifférent sous le bandeau à galons dorés de sa casquette. Comme si c'était normal. Il est plein de respect, messieurs, il déborde de respect ! Bon, eh bien moi, je suis avec celui-là et je l'accompagne. Prends ça ! C'est du bon ? Ah ! si je pouvais lui mordre son pied de prolétaire couvert de cors ! En échange de toutes les brimades subies de tes pareils. Combien de fois ils m'ont arrangé la gueule avec un balai, hein ?

— Arrive, arrive.

Compris, compris, ne prenez pas la peine de vous inquiéter. Où que vous alliez, on vous suit. Vous n'avez qu'à me montrer le chemin, je ne vous ferai pas attendre, malgré mon côté en capilotade.

Du haut de l'escalier :

— Je n'ai pas de courrier, Fiodor ?

Du bas de l'escalier, avec respect :

— Non, monsieur, non, Philippe Philippovitch.

Et, dans son dos, à mi-voix, sur un ton intime :

— Ça fait trois appartements où on nous a mis des locataires.

Le hautain bienfaiteur de chiens fit brusquement demi-tour sur la marche, et, se penchant sur la rampe, demanda, horrifié :

— Non ?!...

Les yeux arrondis, la moustache hérissée.

En bas, le portier renversa la tête, adapta sa paume à ses lèvres et confirma :

— Eh si ! Quatre spécimens, pas un de moins.

— Mon Dieu ! J'imagine ce que l'appartement va devenir. Et alors, comment sont-ils ?

— Rien de particulier.

— Et Fiodor Pavlovitch ?

— Il est allé chercher des paravents et des briques. Ils vont monter des cloisons.

— Quelle histoire de tous les diables !

— Dans tous les appartements, Philippe Philippovitch, on en mettra, sauf dans le vôtre. Il vient d'y avoir une réunion. On a élu un nouveau bureau. Les précédents : à dégager.

— Il se passe des choses... Aïe aïe aïe... Turlut.

J'y vais, j'y arrive. C'est mon flanc, voyez-vous, qui se rappelle à mon souvenir. Permettez-moi de lécher votre jolie bottine.

Les galons du portier ont disparu en bas. Sur le palier de marbre, on sent la chaleur venir des tuyaux. On tourne encore une fois, et voilà l'étage noble.

II

Il ne sert absolument à rien d'apprendre à lire, quand, de toute manière, la viande se sent à un kilomètre. Néanmoins, si vous habitez Moscou et si vous avez si peu que ce soit de cervelle dans la tête, vous apprendrez l'alphabet, que vous le vouliez ou non, et cela sans suivre aucun cours. Sur les quarante mille chiens moscovites, il ne s'en trouvera jamais qu'un seul, un idiot absolu, à ne pas savoir composer avec des lettres le mot *saucisson*.

Bouboul avait commencé à apprendre grâce aux couleurs. Il avait à peine quatre mois quand tout Moscou se couvrit de pancartes azurées avec l'inscription BO-CO [1] – BOucherie-COmmerce. Répétons-le, tout cela ne sert à rien puisque, de toute manière, la viande, ça se flaire. Il y eut même, une fois, une confusion : se guidant sur la couleur bleu acide, Bouboul, dont un moteur avait assommé le flair à force de fumées d'essence, se pointa non pas dans une boucherie mais dans le magasin

---

1. *Cœur de chien* contient une série de jeux de mots que le traducteur s'est efforcé de transposer en français, ce qui a nécessairement causé plusieurs inexactitudes de traduction.

d'appareillage électrique des frères Azuritch, rue Viandovskaïa. Là, chez les frères, le chien fit connaissance avec le fil électrique, qui cingle mieux qu'un fouet de cocher. Ce moment mémorable doit être tenu pour le début de l'éducation bouboulesque. Dès qu'il eut atteint le trottoir, Bouboul commença à se rendre compte qu'*azur* ne signifie pas toujours *viande* . Une douleur cuisante lui faisant serrer sa queue entre ses pattes de derrière, il se mit à hurler et se rappela que, sur toutes les boucheries, l'inscription commence à gauche par un caractère doré ou marron qui ressemble à deux ronds l'un sur l'autre.

Après quoi, il fit encore plus de progrès. Il apprit la lettre N grâce à la poissonnerie au coin de la rue Mokhovaïa et ensuite même le O : il lui avait été plus facile d'aborder le mot *Poisson* par la queue parce que, sous le commencement, se tenait un agent de police.

Les petits carreaux de faïence recouvrant les immeubles aux angles des rues à Moscou signifiaient immanquablement et invariablement *Fromage*. La potence au début de l'inscription représentait l'ancien propriétaire *Tchitchkine*, des montagnes de fromage rouge de Hollande, des commis brutaux qui haïssaient les chiens, de la sciure sur le sol et d'horribles briques sentant mauvais.

Si l'on jouait de l'harmonica, ce qui ne valait guère mieux que *Céleste Aïda*, et si cela sentait la saucisse, les premières lettres sur les affiches blanches formaient commodément le mot *Interd...*, qui signifiait *Interdit de dire des gros mots et de donner des pourboires*. Ici éclataient de temps en temps des bagarres, les gens recevaient des coups de poing en pleine poire, quelquefois, plus rarement, des coups de serviette ou de botte.

Si, dans une vitrine, pendaient des jambons avariés et traînaient des mandarines, c'était une *Epi...* *épi... épicerie de luxe* . Si on y voyait des bouteilles sombres pleines d'un liquide sale, c'était un *Ca...* *va... ca-viste* : l'ancien magasin des frères Elisseev.

Le monsieur inconnu qui avait ramené le chien jusqu'à la porte de son luxueux appartement situé à l'étage noble, sonna, tandis que le chien levait aussitôt les yeux sur une carte noire à lettres d'or placée à côté d'une large porte vitrée d'un verre rose à ondulations. Il déchiffra d'un coup les trois premières lettres : Pé, Er, O : « Pro ». Mais, plus loin, il y avait une espèce de machin asymétrique dont on ne savait ce qu'il signifiait. « Ce n'est tout de même pas *prolétaire* ? pensa Bouboul stupéfait. Impossible ! » Il releva le nez, renifla encore une fois la pelisse et se dit avec certitude : « Non, ça ne sent pas le prolétaire par ici. C'est un mot savant et Dieu sait ce qu'il signifie. »

Derrière la vitre rose s'alluma une clarté imprévue et joyeuse, qui rendit encore plus foncée la carte noire. La porte s'ouvrit toute grande, sans aucun bruit, et une femme jeune et belle en tablier blanc et coiffe de dentelle apparut devant le chien et son maître. Le premier ressentit une chaleur divine et la jupe de la jeune femme embauma le muguet.

« Ça, alors, oui, j'apprécie », pensa le chien.

— Donnez-vous la peine d'entrer, monsieur Bouboul, proposa ironiquement le monsieur, et Bouboul entra l'air dévot, en tortillant de la queue.

Une grande multitude d'objets encombraient le riche vestibule. On remarquait aussitôt un trumeau descendant jusqu'au sol et reflétant immédiatement un deuxième Bouboul élimé et écharpé, d'innombrables pelisses et caoutchoucs et, au plafond, une tulipe d'opale avec de l'électricité.

— Où avez-vous trouvé ça, Philippe Philippo-vitch ? demanda la jeune femme en souriant et en l'aidant à enlever sa lourde pelisse doublée de renard brun noir à reflets bleus. Mes aïeux, ce qu'il peut être galeux !

— Tu dis des bêtises. Où vois-tu qu'il soit galeux ? demanda le monsieur d'un ton sévère et bref.

La pelisse ôtée, il se trouva vêtu d'un costume noir de drap anglais et, sur son ventre, une chaîne en or mit un éclat joyeux et doux.

— Attends, ne bouge pas. Turlut. Ne bouge pas, voyons, petit sot. Hum ! Non, ce n'est pas de la gale... Reste tranquille, coquin... Hum ! Ah ! c'est une brûlure. Quel est le misérable qui t'a ébouil-lanté, hein ? Mais reste donc tranquille !

« Un cuisinier, un cuisinier échappé des galères ! » prononça le chien de ses yeux pitoyables et il poussa en outre un petit hurlement.

— Zina, commanda le monsieur, lui : dans la salle de soins ; moi, ma blouse.

La jeune femme sifflota, claqua des doigts, et le chien, après quelque hésitation, la suivit. Ils pas-sèrent ensemble dans un corridor étroit, faible-ment éclairé, longèrent une porte vernie, arri-vèrent jusqu'au bout, puis tournèrent à gauche et se trouvèrent dans une chambrette obscure, qui déplut aussitôt au chien par son odeur sinistre. L'obscurité claqua et se transforma en une lumière aveuglante, avec des scintillations, des brillances et des blancheurs de tous les côtés.

« Hé non ! hurla le chien en lui-même. Mille par-dons, je ne vais pas me laisser faire. Je comprends ! Le diable les emporte avec leur sau-cisson. Ils m'ont attiré dans un hôpital pour chiens. Ils vont tout de suite me faire avaler de l'huile de ricin et me découper le flanc avec des couteaux, alors qu'on ne peut déjà pas y toucher comme ça ! »

— Hé, non, où vas-tu ? cria la dénommée Zina.

Le chien se tordit, se comprima et, soudain, frappa la porte de son flanc indemne, si fort qu'un craquement résonna par tout l'appartement. Puis, il vola en arrière, et se mit à tourner sur place comme une toupie sous le fouet, renversant par terre un seau blanc d'où s'échappèrent des flocons d'ouate. Tandis qu'il tournoyait, tout autour de lui virevoltaient les murs bordés d'armoires pleines d'instruments brillants, bondissaient un tablier blanc et un visage de femme déformé :

— Où vas-tu, espèce de macaque ? criait Zina écœurée. Maudit sois-tu !

« Où est leur escalier de service ? », réfléchissait le chien.

Il prit son élan, et, ramassé sur lui-même, frappa une vitre au hasard, espérant que c'était une deuxième porte. Un nuage d'éclats vola, tonnant et tintant, suivi d'un bocal ventru plein d'une saleté brunâtre qui inonda aussitôt le plancher et se mit à puer. La véritable porte s'ouvrit.

— Arrête, brute ! criait le monsieur, en sautillant dans sa blouse dont il n'avait enfilé qu'une manche et en agrippant le chien par les pattes. Zina, tiens-le au col, le vaurien.

— Mes... mes aïeux ! En voilà un chien !

La porte s'ouvrit encore plus grande et un autre type de sexe mâle portant blouse se rua à l'intérieur. Broyant les morceaux de vitre, il se précipita non sus au chien mais sus à l'armoire et l'ouvrit, si bien que toute la pièce s'emplit d'une odeur mielleuse et nauséeuse. Puis le type écrasa le chien avec son ventre, non sans que le chien ne lui administrât un voluptueux coup de dents un peu plus haut que les lacets de sa chaussure. Le type gémit mais ne perdit pas le nord. Le liquide nauséeux coupa le souffle du chien, il y eut un tourbillon dans sa tête, ses pattes se détachèrent et il se sentit partir quelque part sur le côté.

« Merci, c'est fini, songea-t-il en s'effondrant carrément sur les morceaux de verre. Adieu, Moscou! Je ne verrai plus Tchitchkine et les prolétaires et le saucisson de Cracovie. Je m'en vais au paradis en récompense de ma longanimité canine. Frères équarisseurs, que vous avais-je fait? »

Là-dessus, il retomba définitivement sur le côté et creva.

Quand il ressuscita, la tête lui tournait légèrement et il ressentait une légère nausée dans le ventre, mais son flanc avait disparu, son flanc était plongé dans un néant exquis. Le chien entrouvrit une prunelle droite toute languide et, du coin de l'œil, constata qu'il était étroitement bandé par-dessus les flancs et le ventre.

« Ils m'ont tout de même eu, les fils de chienne, pensa-t-il vaguement, mais ils s'y sont bien pris, il faut le reconnaître. »

> — *De Séville jusqu'à Grenade,*
> *Dans la nuit sous les balcons...*

C'était une voix distraite et fausse qui chantait au-dessus de lui.

Le chien s'étonna, ouvrit entièrement les deux yeux, et, tout près de lui, vit une jambe d'homme sur un tabouret blanc. Le pantalon et le caleçon étaient retroussés et le tibia nu et jaunâtre était enduit de sang caillé et de teinture d'iode.

« Juste ciel! pensa le chien. Ce doit être moi qui

24

l'ai arrangé comme ça. Je suis responsable. Je suis bon pour une raclée. »

> *— On entend des sérénades*
> *Et le choc des espadons !*

— Pourquoi as-tu mordu le docteur, vagabond ? Hein ? Pourquoi as-tu cassé la vitre ? Hein ?

« Hou ! hou ! hou ! » geignit plaintivement le chien.

— Bon, ça va. Tu as repris connaissance : reste tranquille, imbécile.

— Comment avez-vous réussi, Philippe Philippovitch, à séduire un chien aussi nerveux ? demanda une agréable voix d'homme, cependant que le caleçon en jersey redescendait en place.

Une odeur de tabac se répandit et des fioles tintèrent dans l'armoire.

— Par la gentillesse : le seul moyen qu'on puisse employer avec des êtres vivants. La terreur ne sert à rien avec un animal, quelque degré d'évolution qu'il ait atteint. Je l'ai affirmé, je l'affirme et je continuerai à l'affirmer. Ils s'imaginent en vain que la terreur les aidera. Non, non, elle ne les aidera pas, quelle qu'elle soit : blanche, rouge ou même brune ! La terreur paralyse complètement le système nerveux. Zina ! J'ai acheté un rouble quarante kopeks de saucisson de Cracovie pour ce fripon. Ayez la bonté de lui donner à manger quand il n'aura plus mal au cœur.

Les débris de verre crissèrent sous le balai et une voix de femme remarqua avec coquetterie :

— De Cracovie ! Seigneur, mais il fallait lui acheter vingt kopeks de déchets à la boucherie. Le saucisson de Cracovie, je préfère le manger moi-même.

— Essaye seulement ! C'est toi que je mangerai !

Pour un estomac humain, c'est du poison. Tu as beau être adulte, tu te fourres n'importe quoi dans la bouche. Interdit! Je te préviens : ni moi ni le docteur Bormental, nous ne nous occuperons de toi quand tu auras la colique.

> — *Si quiconque osait prétendre*
> *Qu'il connaît plus belle que toi...*

De petits coups de sonnette se faisaient entendre en ce moment dans tout l'appartement et au loin, dans le vestibule, retentissaient de temps en temps des bruits de voix. Le téléphone sonnait. Zina disparut.

Philippe Philippovitch jeta son bout de cigarette dans le seau, boutonna sa blouse, rectifia sa moustache vaporeuse devant le petit miroir qui pendait au mur et appela le chien.

— Turlut. Allez, allez! On va à la consultation.

Le chien se remit sur ses pattes peu sûres, oscilla, frissonna, se reprit rapidement et suivit la basque flottante de Philippe Philippovitch. De nouveau, le chien traversa l'étroit couloir, mais cette fois il vit qu'il était brillamment éclairé par un plafonnier. Et, quand la porte vernie s'ouvrit, il entra avec Philippe Philippovitch dans le cabinet et fut ébloui par la décoration. D'abord, c'était tout illuminé : il y avait de la lumière sous le plafond à moulures, de la lumière sur la table, de la lumière dans les vitres des bibliothèques. La lumière inondait une infinité d'objets dont le plus amusant était une chouette perchée sur une branche fixée au mur.

— Couché, commanda Philippe Philippovitch.

La porte d'en face, toute ciselée, s'ouvrit et entra l'autre, le mordu, qui, en pleine lumière, se révéla être un très beau jeune homme avec une barbe en pointe. Il tendit une feuille et dit :

— Le même...

Aussitôt il disparut sans bruit, tandis que Philippe Philippovitch, écartant les basques de sa blouse, s'asseyait à un gigantesque bureau et en devenait incroyablement grave et imposant.

« Non, ce n'est pas un hôpital. J'ai abouti dans un autre genre d'endroit, pensa le chien en proie à la confusion, et il s'allongea sur les motifs du tapis, au pied d'un lourd canapé de cuir. Il va aussi falloir éclaircir la question de la chouette... »

La porte s'ouvrit en douceur et un personnage entra, qui consterna le chien à tel point qu'il poussa un petit jappement, mais très timide.

— Silence ! Mais, dites donc, mon bon, vous êtes méconnaissable.

L'arrivant s'inclina avec beaucoup de respect et d'embarras devant Philippe Philippovitch.

— Hi hi ! Vous êtes un sorcier et un enchanteur, professeur, prononça-t-il d'un air penaud.

— Enlevez votre pantalon, mon bon, ordonna Philippe Philippovitch en se levant.

« Seigneur Jésus, pensa le chien. Quel drôle de pistolet ! »

Sur la tête du pistolet croissait une chevelure parfaitement verte, tirant côté nuque sur le tabac rouillé, les rides sillonnaient le visage du pistolet, mais son teint était rose come celui d'un nourrisson. Sa jambe gauche ne pliait pas, il devait la traîner sur le tapis, tandis que la droite sautillait comme une claquette d'enfant. Au revers d'une veste de prix saillait une pierre précieuse.

Le chien était si curieux qu'il en oublia d'avoir la nausée.

Iap, Iap !... Il jappait tout bas.

— Silence ! Comment dormez-vous, mon bon ?

— Hé hé. Nous sommes seuls, professeur ? C'est indescriptible, bafouilla le visiteur troublé. « *Pon my word* », en vingt-cinq ans je n'ai rien connu de pareil. (Le type tira sur un bouton de son pantalon.) Imaginez, professeur, toutes les nuits, je vois des hordes de filles nues. Je suis positivement charmé. Vous êtes un magicien.

— Hum, fit Philippe Philippovitch d'un ton soucieux en examinant les prunelles de son hôte.

L'hôte finit par maîtriser les boutons et ôta son pantalon rayé. Dessous, un caleçon comme on n'en avait jamais vu. De couleur crème, avec des chats noirs en soie brodés dessus, et tout parfumé.

Le chien ne put supporter les chats et poussa un aboiement qui fit sursauter le type.

— Aïe !

— Je vais te flanquer une raclée ! N'ayez pas peur, il ne mord pas.

« Ah ! bon, je ne mords pas ? » s'étonna le chien.

De la poche de son pantalon, le visiteur laissa tomber sur le tapis une petite enveloppe, sur laquelle était représentée une belle jeune femme aux cheveux défaits. Le type sursauta, se pencha, la ramassa et rougit beaucoup.

— Faites tout de même attention, l'avertit Philippe Philippovitch avec sévérité en le menaçant du doigt. Prenez garde quand même, n'exagérez pas.

— Je n'exa..., bafouilla le type tout confus, en continuant à se déshabiller. Pour moi, cher professeur, il ne s'agit que d'une expérience.

— Et alors ? Quels résultats ? demanda Philippe Philippovitch avec autorité.

Le type, extatique, fit un geste de la main.

— En vingt-cinq ans, j'en jure Dieu, professeur, je n'ai rien connu de pareil. La dernière fois, c'était en 1899, à Paris, rue de la Paix.

— Et pourquoi avez-vous verdi ?

Le visage du visiteur s'embruma.

— C'est la faute de Cosmofabrique! Vous n'imaginez pas, professeur, ce que ces fainéants m'ont fourré au lieu de teinture. Regardez seulement, bredouillait le type en cherchant des yeux un miroir. Ils mériteraient qu'on leur casse la figure! ajouta-t-il en se courrouçant. Maintenant, que vais-je faire, professeur? demanda-t-il en pleurnichant.

— Hum. Faites-vous raser à zéro.

— Professeur! s'écria plaintivement le visiteur. Ils vont encore repousser tout gris! En outre, je n'oserai plus me montrer au bureau. Ça fait déjà trois jours que je n'y vais plus. Ah! professeur, si vous trouviez un moyen de rajeunir les cheveux comme le reste!

— Pas tout en même temps, mon bon, marmonnait Philippe Philippovitch.

Il se pencha et, de ses yeux brillants, examina le ventre dénudé de son patient.

— Eh bien voilà, c'est charmant, tout est en ordre. A vous dire la vérité, je n'attendais même pas un résultat pareil.

— *L'on se bat et puis l'on chante...*

— Rhabillez-vous, mon bon.

— *Je prendrai la plus charmante,*

reprit le patient, la voix tremblotante comme une casserole, et, tout rayonnant, il se rhabilla.

Rajusté, sautillant et répandant une odeur de parfum, il compta et remit à Philippe Philippovitch une liasse de roubles, avant de lui serrer affectueusement les deux mains.

— Vous n'avez pas à revenir d'ici deux semaines, dit Philippe Philippovitch, mais je vous demande tout de même d'être prudent.

— Professeur! fit une voix extatique derrière la porte, soyez parfaitement en repos.

Il y eut un gloussement voluptueux, puis rien.

Une sonnerie carillonna à travers l'appartement, la porte vernie s'ouvrit, le mordu entra, remit une feuille à Philippe Philippovitch et déclara:

— L'âge indiqué est faux. C'est plutôt cinquante-quatre ou cinquante-cinq. Les bruits du cœur sont un peu sourds.

Il disparut et fut remplacé par une dame froufroutante, le chapeau crânement perché de côté et un collier étincelant sur un cou flasque et avachi. D'étranges poches noires lui pendaient sous les yeux, ses joues étaient roses comme celles d'une poupée. Elle était très émue.

— Madame! Quel âge avez-vous? lui demanda Philippe Philippovitch avec beaucoup de rudesse.

La dame prit peur et pâlit même sous sa croûte de rouge.

— Professeur, je vous jure, si vous saviez, je suis en plein drame!...

— Votre âge, madame? répéta Philippe Philippovitch encore plus rudement.

— Parole d'honneur... Disons quarante-cinq...

— Madame, glapit Philippe Philippovitch. On m'attend. Ne me retardez pas, je vous prie. Vous n'êtes pas la seule, voyons.

La poitrine de la dame se soulevait tumultueusement.

— A vous seul, comme à une lumière de la science... Mais je vous jure, c'est une telle horreur...

— Quel âge avez-vous? demanda Philippe Philippovitch dans un piaillement rageur et avec un éclat de lunettes.

— Cinquante et un, répondit la dame en se tordant de terreur.

— Baissez culotte, madame, prononça Philippe Philippovitch avec soulagement et il indiqua un grand échafaud blanc dans un coin.

— Je vous jure, professeur, bredouillait la dame en déboutonnant, avec des doigts tremblants, je ne sais quels boutons de pression sur sa ceinture, c'est ce Moritz... Je vous l'avoue comme à confesse...

— *De Séville jusqu'à Grenade,*

chantonna distraitement Philippe Philippovitch tout en appuyant la pédale d'un lavabo de marbre.

Un bruit d'eau se fit entendre.

— Je le jure par le nom de Dieu! disait la dame tandis que, sur ses joues, des taches naturelles se faisaient jour à travers les artificielles. Je sais, c'est ma dernière passion. C'est un tel vaurien! Ô, professeur! C'est un tricheur professionnel, tout Moscou le sait. Il ne laisse pas passer une seule sale petite modiste. Il est si diaboliquement jeune!

La dame marmonnait et tirait hâtivement de sous ses jupes bruissantes une boule de dentelles.

La tête du chien s'embruma complètement et tout s'y emmêla sens dessus dessous.

« Allez au diable, pensa-t-il confusément en posant sa tête sur ses pattes et en s'assoupissant de honte. Je ne vais même pas essayer de comprendre ce que c'est que ce truc : je n'y comprendrais rien de toute manière. »

Une sonnerie le réveilla et il vit que Philippe Philippovitch jetait dans une cuvette des espèces de tubes luisants.

La dame tachetée, pressant ses mains contre sa poitrine, fixait sur Philippe Philippovitch un regard plein d'espoir. Lui fronça les sourcils d'un air important, et, s'étant assis à son bureau, nota quelque chose.

— Madame, je vais vous poser des ovaires de guenon, déclara-t-il avec un regard sévère.

— De guenon, professeur, vraiment?

— Oui, répondit Philippe Philippovitch, implacable.

— Quand aura lieu l'opération? demanda la dame d'une voix faible, en pâlissant.

— *De Séville jusqu'à Grenade...*

— Hum... Lundi. Vous entrerez en clinique le matin. Mon assistant vous préparera.

— Mais je ne veux pas aller en clinique. Ne serait-ce pas possible chez vous, professeur?

— Voyez-vous, je ne fais d'opérations chez moi que dans des cas extrêmes. Cela coûterait très cher. Cent roubles.

— Je suis d'accord, professeur.

L'eau se fit entendre de nouveau, le chapeau à plumes oscilla, puis apparut une tête chauve comme une assiette et Philippe Philippovitch reçut l'accolade. Le chien somnolait, le chien n'avait plus mal au cœur, le chien jouissait de son flanc qui ne lui faisait plus mal et de la chaleur ambiante, il ronfla même un peu en faisant un bout de rêve agréable : la chouette avait perdu une touffe de plumes... Puis, une voix bouleversée jappa au-dessus de sa tête :

— Je suis très connu à Moscou, professeur. Que puis-je faire?

— Messieurs! criait Philippe Philippovitch indigné. Ce ne sont pas des manières. Il faut se maîtriser. Quel âge a-t-elle?

— Quatorze ans, professeur... Vous comprenez qu'un scandale me perdrait. Ces jours-ci, je dois recevoir une mission pour l'étranger.

— Mais, mon bon, je ne suis pas un juriste... Vous n'avez qu'à attendre deux ans et l'épouser.

— C'est que je suis marié, professeur.

— Ah! messieurs, messieurs!

Les portes s'ouvraient, les personnages se relayaient, les instruments cliquetaient dans l'armoire et Philippe Philippovitch travaillait sans repos.

« Voilà un mauvais lieu, pensait le chien, mais comme on y est bien! Cependant, du diable si je sais à quoi je lui sers. Est-ce que par hasard il me prendrait à demeure? Drôle de bonhomme! Lui, qui n'aurait qu'à faire un clin d'œil pour acquérir un de ces chiens à vous couper le souffle! Après tout, peut-être que je suis beau. Apparemment, j'ai été chanceux. Quant à cette saleté de chouette... Quelle effrontée! »

Le chien se réveilla tard le soir, quand les sonneries eurent cessé et à l'instant même où la porte laissa entrer des visiteurs différents. Ils étaient quatre d'un coup, tous jeunes et tous vêtus très modestement.

« Que veulent-ils, ceux-là? » pensa le chien étonné.

Philippe Philippovitch les accueillit de manière encore bien plus hostile. Il se tenait près de son bureau et considérait les nouveaux arrivants de l'œil d'un général face à l'ennemi. Les narines de son nez de vautour se gonflaient. Les arrivants se dandinaient sur le tapis.

Celui d'entre eux qui avait sur la tête une meule de vingt centimètres de haut de cheveux bouclés et très touffus prit la parole :

— Nous venons vous voir, professeur, voici pourquoi...

— Messieurs, vous avez tort de sortir sans caoutchoucs par un temps pareil, l'interrompit sentencieusement Philippe Philippovitch. Premièrement, vous allez prendre froid, et, deuxièmement, vous m'avez sali mes tapis, mes tapis qui viennent tous de Perse.

Le personnage à la meule se tut et tous les quatre fixèrent des regards stupéfaits sur Philippe Philippovitch. Le silence dura quelques secondes et ne fut rompu que par le tambourinement des doigts de Philippe Philippovitch sur un plat de bois décoré posé sur le bureau.

— D'abord, nous ne sommes pas des messieurs, prononça enfin le plus jeune des quatre, qui avait un teint de pêche.

— D'abord, l'interrompit Philippe Philippovitch, êtes-vous un homme ou une femme ?

Les quatre se tinrent cois, la bouche ouverte. Cette fois-ci, le premier à retrouver ses esprits fut celui à la meule.

— Quelle différence y a-t-il, camarade ? demanda-t-il avec hauteur.

— Je suis une femme, avoua la jeune pêche qui portait une veste de cuir, et elle rougit beaucoup.

A sa suite, l'un des visiteurs, un blond à bonnet en peau de mouton, rougit jusqu'aux yeux sans qu'on sût pourquoi.

— Dans ce cas, vous pouvez garder votre casquette, mais vous, mon bon monsieur, je vous demanderai d'ôter votre coiffure, dit Philippe Philippovitch avec conviction.

— Je ne suis pas votre bon monsieur, répondit sèchement le blond en ôtant son bonnet.

— Nous sommes venus vous voir, recommença le noiraud à la meule...

— Avant tout, qui est « nous » ?

— Nous, le nouveau comité d'immeuble, débita le noiraud en contenant sa rage. Je m'appelle Schwonder. Elle, c'est Viazemskaïa. Lui, c'est le camarade Péstroukhine, et voilà Charovkine. Et c'est comme ça que nous...

34

— C'est vous qu'on a logés dans l'appartement de Fiodor Pavlovitch Sabline ?

— C'est nous, répondit Schwonder.

— Mon Dieu, malheur à l'immeuble Kalaboukhov ! cria Philippe Philippovitch désespéré avec un grand geste des bras.

— Vous rigolez, professeur ?

— Où voyez-vous que je rigole ? Je suis complètement désespéré, s'écria Philippe Philippovitch. Que va-t-il arriver maintenant au chauffage central ?

— Vous racontez des blagues, professeur Transfigouratov.

— A quel sujet êtes-vous venus me voir ? Répondez aussi vite que possible : je vais dîner.

— Nous, le comité d'immeuble, débita Schwonder avec haine, nous venons chez vous à la suite de l'assemblée générale des résidents de notre immeuble, au cours de laquelle a été soulevée la question de la densité des appartements de l'immeuble...

— Qui a soulevé quoi ? cria Philippe Philippovitch. Ayez la bonté d'exprimer vos pensées plus clairement.

— On a soulevé la question de la densité.

— Assez ! J'ai compris ! Vous savez que par décision du 12 août courant mon appartement est exempté de tout logement et déménagement ?

— On le sait, répondit Schwonder, mais l'assemblée générale, ayant examiné votre cas, est arrivée à la conclusion que dans l'ensemble et en général vous occupez une superficie excessive. Totalement excessive. Vous avez sept pièces à vous tout seul.

— J'ai sept pièces à moi tout seul pour y vivre et y travailler, répondit Philippe Philippovitch, et j'aimerais bien en avoir une huitième. Elle m'est indispensable pour en faire une bibliothèque.

Les quatre en restèrent cois.

— Une huitième! Hé hé hé! proféra le blond privé de coiffure. Ça alors, c'est un peu fort.

— C'est inconcevable! s'écria le jeune homme qui s'était trouvé être une jeune femme.

— J'ai une salle d'attente – remarquez qu'elle fait aussi bibliothèque –, une salle à manger, mon cabinet : trois. Une salle de soins, quatre. Une salle d'opérations, cinq. Ma chambre, six, et la chambre de bonne, sept. En somme, ça ne me suffit pas... Mais du reste, aucune importance. Mon appartement est exempté et voilà tout. Je peux aller dîner?

— Je m'escuse, dit le quatrième, qui ressemblait à un gros scarabée.

— Je m'escuse, l'interrompit Schwonder, c'est justement à propos de la salle à manger et de la salle de soins que nous sommes venus vous causer. L'assemblée générale vous prie de renoncer à la salle à manger volontairement, dans un esprit de discipline du travail. Personne n'a de salle à manger à Moscou.

— Pas même Isadora Duncan, signala la jeune femme d'une voix sonore.

Quelque chose s'était passé en Philippe Philippovitch, à la suite de quoi son visage s'empourpra délicatement, et il ne proféra aucun son, attendant ce qui allait suivre.

— Et à la salle de soins aussi, poursuivit Schwonder. La salle de soins peut très bien être regroupée avec le cabinet.

— Hon hon, fit entendre Philippe Philippovitch d'une voix étrange. Et où dois-je me restaurer?

— Dans la chambre, répondirent tous les quatre en chœur.

Le teint pourpre de Philippe Philippovitch vira quelque peu au gris.

— Me restaurer dans la chambre, commença-t-il d'une voix légèrement étouffée, lire dans la salle de soins, m'habiller dans la salle d'attente, opérer dans la chambre de bonne et consulter dans la salle à manger. Il est fort possible qu'Isadora Duncan procède de cette façon. Peut-être même qu'elle dîne dans son cabinet et saigne ses lapins dans sa salle de bains. C'est possible. Mais moi, je ne suis pas Isadora Duncan! rugit-il soudain tandis que son teint pourpre devenait jaune. Je dînerai dans la salle à manger et j'opérerai dans la salle d'opérations! Transmettez cela à l'assemblée générale. Quant à vous, je vous prie humblement de retourner à vos occupations et de me laisser la possibilité de me restaurer là où se restaurent tous les gens normaux, à savoir dans la salle à manger et non pas dans le vestibule ou la chambre d'enfants.

— Dans ce cas, professeur, vu votre obstination dans l'opposition, dit Schwonder tout ému, nous porterons plainte contre vous devant les instances supérieures.

— Aha! fit Philippe Philippovitch, c'est comme ça?

Sa voix prit une nuance suspecte de courtoisie.

— Je vous demanderai d'attendre un petit instant.

« En voilà, un gars! pensa le chien enthousiasmé. Tout comme moi. Oh! il va les mordre maintenant, comme il va les mordre! Je ne sais pas encore de quelle manière, mais il les mordra. Mords-les donc! Celui-là, avec ses gros tibias, je te l'attraperais tout de suite un peu plus haut que la botte, par le cartilage sous le genou... Rrr...

Ayant procédé à l'appel, Philippe Philippovitch décrocha le combiné du téléphone et parla dedans en ces termes:

— S'il vous plaît... Oui, merci. Piotr Alexandro-vitch, je vous prie. Le professeur Transfigouratov. Piotr Alexandrovitch ? Ravi de vous avoir trouvé. Merci, je vais bien. Piotr Alexandrovitch, votre opération est annulée. Quoi ? Définitivement annulée, comme toutes les autres opérations. Voici pourquoi : je cesse de travailler à Moscou et dans toute la Russie... Il y en a quatre qui viennent de se présenter chez moi, dont une femme habil-lée en homme et deux armés de revolvers et ils m'ont menacé dans mon appartement afin de m'en confisquer une partie.

— Permettez, professeur, commença Schwon-der, changeant de visage.

— Pardonnez-moi. Je ne suis pas en mesure de répéter tout ce qu'ils ont dit. Je ne suis pas ama-teur de sornettes. Il suffira de dire qu'ils m'ont signifié de me priver de ma salle de soins, en d'autres termes qu'ils m'ont mis dans la nécessité d'opérer là où, jusqu'à maintenant, je saignais des lapins. Dans ces conditions, non seulement je ne peux, mais je n'ai pas le droit de travailler. C'est pourquoi je cesse mes activités, je ferme l'apparte-ment et je pars pour Sotchi. Je peux remettre les clefs à Schwonder. Il n'a qu'à opérer lui-même.

Les quatre ne bougeaient plus. La neige fondait sur leurs bottes.

— Il n'y a rien à faire... Moi aussi, je regrette... Comment ? Ah ! non, Piotr Alexandrovitch ! Ah ! non. Comme cela, je ne suis plus d'accord. Ma patience est à bout. C'est déjà la deuxième fois depuis le mois d'août. Comment ? Hum... Comme vous voudrez. Par exemple. Mais à une condition : peu importe de qui, peu importe quand, peu importe quoi, mais que j'aie un papier au vu duquel ni Schwonder ni qui que ce soit d'autre ne puisse seulement approcher de la porte de mon appartement. Un papier définitif. Décisif. Absolu! Une cuirasse. Qu'on ne puisse même pas citer mon nom. Terminé. Pour eux, je suis mort. Oui, oui. S'il vous plaît. Par qui? Aha!... Ça, c'est une autre histoire. Aha... Bien. Je vous le passe.

D'une voix de serpent, Philippe Philippovitch s'adressa à Schwonder:

— Soyez assez bon. On va vous parler.

— Permettez, professeur, dit Schwonder, tantôt enflammé, tantôt éteint. Vous avez déformé nos paroles.

— Je vous prierai de ne pas utiliser ce genre d'expressions.

Schwonder, confondu, prit le combiné et dit:

— Allo. Oui... Le président du comité d'immeuble... Mais nous avons observé le règlement... Mais le professeur a déjà une situation tout à fait exceptionnelle... Nous connaissons ses travaux... On voulait même lui laisser cinq pièces... Alors bon... Si c'est comme ça... Bon...

Tout rouge, il raccrocha et fit demi-tour.

« Comme il l'a mouché! En voilà un gaillard! pensa le chien, plein d'admiration. Il connaît donc la formule? Maintenant vous pouvez me battre autant qu'il vous plaira. Vous en penserez ce que vous voudrez, mais moi, je ne quitte pas la place. »

Les trois, bouche bée, regardaient Schwonder mouché.

— C'est une espèce de honte! prononça-t-il d'un ton hésitant.

— Si maintenant il y avait des débats, commença la femme, émue et rougissante, je démontrerais à Piotr Alexandrovitch...

— Mille pardons. Ce n'est pas à cette heure-ci que vous voulez entamer des débats? demanda Philippe Philippovitch avec urbanité.

Les yeux de la femme s'enflammèrent.

— Je comprends votre ironie, professeur. Maintenant, nous allons partir. Mais moi, en tant que dirigeant de la section culturelle de l'immeuble...

— Dirigean-te, corrigea Philippe Philippovitch.

— Je veux vous proposer...

Ici la jeune femme tira de son sein quelques journaux brillants et humides de neige.

— De prendre quelques journaux au profit des enfants allemands. Un demi-rouble l'unité.

— Non, je n'en prendrai pas, répondit brièvement Philippe Philippovitch en regardant les journaux de travers.

Une stupéfaction absolue se peignit sur les visages, et celui de la femme se couvrit d'une teinte rappelant l'airelle.

— Mais pourquoi refusez-vous?

— Je n'en veux pas.

— Vous n'avez pas de compassion pour les enfants allemands?

— J'en ai.

— Ça vous fait mal au cœur de payer un demi-rouble?

— Non.

— Alors pourquoi?

— Je ne veux pas.

Silence.

— Savez-vous, professeur, commença la jeune femme avec un profond soupir, si vous n'étiez pas un astre de grandeur européenne et si vous n'étiez pas protégé de la façon la plus révoltante (le blond la tira par le bout de la veste, mais elle le repoussa du geste) par des personnes que nous allons encore, j'en suis sûre, tirer au clair, on devrait vous arrêter.

— Pour quel motif? demanda Philippe Philippovitch avec curiosité.

— Vous êtes un ennemi du prolétariat! répondit la femme d'un ton fier.

— Oui, je n'aime pas le prolétariat, acquiesça tristement Philippe Philippovitch en appuyant sur un bouton.

Il y eut quelque part une sonnerie. La porte du couloir s'ouvrit.

— Zina, cria Philippe Philippovitch. Sers le dîner. Vous permettez, madame et messieurs ?

Les quatre sortirent du cabinet en silence, traversèrent la salle d'attente en silence, le vestibule en silence, et l'on entendit la porte d'entrée se refermer sur eux, lourde et sonore.

Le chien se leva sur ses pattes de derrière et exécuta devant Philippe Philippovitch une sorte de salamalec.

III

Sur des assiettes peintes de couleurs paradi-
siaques et cerclées d'une large bande noire, un
saumon coupé en fines lamelles et des anguilles
marinées. Sur une épaisse planche de bois, un
morceau de fromage pleurant sa larme et, dans un
vase d'argent entouré de neige, du caviar. Entre
les assiettes, quelques fins petits verres et trois
carafons de cristal avec des vodkas de différentes
couleurs. Tous ces objets se trouvaient sur une
petite table de marbre, confortablement accolée à
un gigantesque buffet de chêne sculpté qui émet-
tait des faisceaux d'une lumière de verre et
d'argent. Au milieu de la pièce, une table lourde
comme un monument funéraire, recouverte d'une
nappe blanche, et dessus deux couverts, deux serviettes roulées en forme de tiare pontificale et
trois bouteilles foncées.

Zina entra, apportant un plat couvert, en argent,
où quelque chose ronronnait. L'odeur qui émanait
du plat était telle que la bouche du chien s'emplit
aussitôt de flots de salive. « Les jardins de Sémira-
mis ! » pensa-t-il en se mettant à frapper le parquet avec sa queue comme avec un bâton.

— Apportez-les ici ! commanda Philippe Philippovitch d'un ton de prédateur. Docteur Bormen-

thal, je vous en supplie, laissez ce caviar en paix. Et si vous voulez un bon conseil, prenez la vodka russe ordinaire et non pas l'anglaise.

Le beau mordu, qui avait ôté sa blouse et portait un costume noir correct, haussa ses larges épaules, sourit poliment et se versa de la vodka transparente.

— Elle vient d'être bénite ? interrogea-t-il.

— Et puis quoi encore, mon bon, répliqua l'hôte. Ça, c'est de l'alcool avec lequel Daria Pétrovna fait elle-même d'excellente vodka.

— On ne le dirait pas, Philippe Philippovitch. Tout le monde affirme qu'une vodka fort correcte fait trente degrés.

— Une vodka doit faire quarante degrés et non pas trente, ça, c'est une première chose, interrompit Philippe Philippovitch d'un ton sentencieux. Une deuxième chose, c'est qu'on n'a pas idée de ce qu'ils ont pu ajouter dedans. Vous direz peut-être : ce qui leur sera passé par la tête ?

— N'importe quoi, prononça le mordu avec assurance.

— C'est aussi mon opinion, ajouta Philippe Philippovitch en se jetant dans la gorge le contenu d'un petit verre d'un seul coup. Hum... Docteur Bormenthal, je vous en supplie, prenez-moi ça immédiatement, et si vous me dites que ce n'est pas... je suis votre ennemi juré à vie.

— *De Séville jusqu'à Grenade...*

A ces mots, il piqua d'une fourchette digitée quelque chose qui ressemblait à un petit pain foncé. Le mordu l'imita. Les yeux de Philippe Philippovitch s'éclairèrent.

— C'est mauvais ? demandait Philippe Philippovitch en mâchant. C'est mauvais ? Répondez, monsieur le docteur.

— C'est incomparable, répondit sincèrement le mordu.

— Encore heureux... Remarquez, Ivan Arnoldo-vitch, que seuls les hobereaux que les bolcheviks n'ont pas encore fini d'égorger prennent comme entrées des zakouski froids et du potage. Un homme qui se respecte si peu que ce soit procède par zakouski chauds. Et parmi les zakouski chauds de Moscou, celui-ci est le meilleur. Il fut un temps où on les préparait admirablement au Bazar slave. Tiens, prends.

— Si vous donnez des petits bouts au chien dans la salle à manger, fit une voix de femme, on ne l'en fera sortir à aucun prix.

— Cela ne fait rien. Le pauvre a eu assez faim.

Du bout de sa fourchette, Philippe Philippovitch tendit au chien un zakouski que l'autre saisit avec une adresse d'acrobate. La fourchette atterrit à grand bruit dans le rinçoir.

Bientôt, une vapeur sentant l'écrevisse monta des assiettes ; le chien était assis à l'ombre de la nappe, l'air d'une sentinelle devant une poudrière ; et Philippe Philippovitch, ayant coincé la queue d'une serviette amidonnée dans son col, pérorait :

— La nourriture, Ivan Arnoldovitch, n'est pas une chose simple. Il faut savoir manger. Or, figu-rez-vous que la plupart des gens ne savent pas manger du tout. Il ne suffit pas de savoir ce que l'on doit manger, mais où et comment. (Philippe Philippovitch agita sa cuiller d'un air significatif.) Et de quoi on doit parler en le faisant. Hé oui. Si vous prenez soin de votre digestion, je vous donne un bon conseil : ne parlez à table ni de bolche-visme ni de médecine. Et que Dieu vous préserve de lire des journaux soviétiques avant dîner.

— Hum... Il n'y en a pas d'autres.

— Justement, n'en lisez aucun. Vous savez, j'ai

examiné trente cas dans ma clinique. Et savez-vous quoi? Les patients qui ne lisent pas de journaux se sentent parfaitement bien. Au contraire, ceux que je forçais à dessein à lire la *Pravda* perdaient du poids.

— Hum... fit avec intérêt le mordu que le potage et le vin faisaient rosir.

— Ce n'est pas tout. Réflexes rotuliens en baisse, peu d'appétit, état dépressif.

— Du diable si...

— Hé oui. Mais qu'est-ce que je fais là, moi? Voilà que j'en parle, de la médecine!

Se rejetant en arrière, Philippe Philippovitch sonna, et, sous la portière cerise, parut Zina.

Le chien reçut un gros morceau d'esturgeon pâle qui ne lui plut pas, et, aussitôt après, une tranche de rosbif saignant. L'ayant dévoré, le chien sentit soudain qu'il avait sommeil et qu'il ne pouvait plus supporter de voir aucune mangeaille. « Etrange sensation, pensait-il en fermant d'un coup ses paupières alourdies. Mes yeux ne veulent plus rien voir de ce qui se mange. Quant à fumer après dîner, c'est stupide. »

La salle à manger s'emplit d'une désagréable fumée bleue. Le chien somnolait, la tête posée sur les pattes de devant.

— Le saint-julien se laisse boire, entendait le chien à travers son sommeil, mais le malheur c'est qu'en ce moment on n'en trouve pas.

Un choral sourd, étouffé par les plafonds et les tapis se fit entendre, provenant de côté et d'en haut.

Philippe Philippovitch sonna et Zina parut.

— Ma petite Zina, qu'est-ce que cela signifie?

— Ils ont encore fait une assemblée générale, Philippe Philippovitch, répondit Zina.

— Encore! s'écria Philippe Philippovitch avec

amertume. Bon, donc alors ça y est, l'immeuble Kalaboukhov est fichu. Il va falloir déménager. Mais où aller ? Voilà la question. Tout va se passer sans anicroche. D'abord des chansons tous les soirs, puis les tuyaux gelés dans les goguenauds, puis la chaudière du chauffage central qui explose, et ainsi de suite. Fini, le Kalaboukhov.

— Il se torture, Philippe Philippovitch, remarqua Zina en souriant, et elle emporta une pile d'assiettes.

— Comment ne pas se torturer ?! gémit Philippe Philippovitch. Vous vous rappelez pourtant quel immeuble c'était !

— Vous considérez les choses avec trop de pessimisme, Philippe Philippovitch, répliqua le beau mordu. Elles ont beaucoup changé à présent.

— Mon bon, vous me connaissez, n'est-ce pas ? Je suis l'homme des faits, je suis l'homme de l'observation. Je suis l'ennemi des hypothèses sans fondement. Ce que l'on sait parfaitement non seulement en Russie mais aussi en Europe. Si je dis quelque chose, c'est qu'à la base repose un fait dont je tire une conclusion. Et votre fait, le voici : le porte-manteau et le râtelier à caoutchoucs de notre immeuble.

— C'est intéressant.

« Les caoutchoucs ? Bêtises. Les caoutchoucs ne donnent pas le bonheur, pensa le chien, mais lui, c'est une personnalité extraordinaire. »

— Oui, vraiment, le râtelier à caoutchoucs. Je vis dans cet immeuble depuis 1903. Et voilà, pendant cette période, jusqu'en mars 1917, il n'est pas arrivé une seule fois – je souligne au crayon rouge : pas une – qu'une seule paire de caoutchoucs ait disparu de notre entrée principale, alors que la porte commune n'est pas fermée à clef. Remarquez que nous avons douze appartements et moi un cabinet de consultation. Un beau jour de mars 1917, tous les caoutchoucs ont disparu, dont deux paires à moi, trois cannes, un pardessus et le samovar du portier. A partir de ce jour, le râtelier a cessé d'être. Je ne parle même pas, mon bon, du chauffage central, je n'en parle pas : puisque c'est la révolution sociale, il ne faut plus se chauffer, d'accord. Mais je demande pourquoi, quand toute cette histoire a commencé, tout le monde s'est mis à marcher dans l'escalier de marbre avec des caoutchoucs et des chaussons sales. Pourquoi, jusqu'à maintenant, faut-il encore garder ses caoutchoucs sous clefs ? Et les faire garder par une sentinelle pour que personne ne les chipe ? Pourquoi a-t-on ôté le tapis du grand escalier ? Est-ce que Karl Marx interdit de mettre des tapis dans les escaliers ? Est-ce que Karl Marx a dit quelque part que la deuxième entrée de l'immeuble Kalaboukhov sur la Prétchistenka doit être bouchée avec des planches et qu'il faut faire le tour par l'entrée de service ? A qui cela profite-t-il ? Pourquoi le prolétaire ne peut-il pas laisser ses caoutchoucs en bas au lieu de salir le marbre ?

— Mais, Philippe Philippovitch, il n'en a même pas, de caoutchoucs, essaya de protester le mordu.

— Complètement faux ! répliqua Philippe Philippovitch d'une voix tonnante en se versant un verre de vin. Hum... Je n'admets pas les liqueurs après le dîner : elles alourdissent et font du mal au foie... C'est complètement faux. Maintenant, il a des caoutchoucs et ce sont... les miens ! Ce sont précisément les caoutchoucs qui ont disparu au printemps 1917. La question est de savoir qui les a chipés. Moi ? Impossible. Le bourgeois Sabline ? (Philippe Philippovitch désigna le plafond du doigt.) En aucun cas. C'est comme ça. Mais au moins ils pourraient, dans l'escalier, les enlever !

(Philippe Philippovitch commença à s'empourprer.) Pourquoi diable a-t-on enlevé les fleurs des paliers ? Pourquoi l'électricité qui, si j'ai bonne mémoire, a eu deux pannes en vingt ans, en a maintenant régulièrement une par mois ? Docteur Bormenthal, la statistique est une chose atroce. Vous, qui connaissez ma dernière étude, vous le savez mieux que personne.

— La décadence, Philippe Philippovitch.

— Non, répliqua Philippe Philippovitch parfaitement sûr de lui. Non. Vous devriez être le premier, cher Ivan Arnoldovitch, à vous abstenir d'utiliser un mot pareil. C'est un mirage, une fumée, une fiction.

Philippe Philippovitch écarta largement ses doigts courtauds, si bien que deux ombres semblables à des tortues se tortillèrent sur la nappe.

— Qu'est-ce donc que votre décadence ? Une vieille avec un bâton ? Une sorcière qui a cassé toutes les vitres, éteint toutes les lampes ? Mais elle n'existe même pas. Qu'entendez-vous par ce mot ? demanda rageusement Philippe Philippovitch à un pauvre canard en carton qui pendait par les pieds à côté du buffet, et, à sa place, il se répondit lui-même. Voici ce que c'est. Si, au lieu d'opérer tous les soirs, je me mets à chanter en chœur dans mon appartement, j'aurai la décadence chez moi. Si, quand je vais à la garde-robe, je me mets à – pardonnez mon vocabulaire – à uriner à côté de la cuvette et si Zina et Daria Pétrovna font la même chose, ce sera la décadence dans la garde-robe. Conclusion, la décadence n'est pas dans les cabinets mais dans les têtes. C'est pourquoi, quand ces barytons crient « Mort à la décadence ! », je ris. (Le visage de Philippe Philippovitch se tordit si fort que le mordu en resta bouche bée.) Je vous le jure, cela me fait rire ! Cela signifie que chacun d'entre eux doit se calotter lui-même! Et voilà, quand, à force de calottes, il se sera débarrassé de toutes ses hallucinations et qu'il se sera mis à nettoyer les remises – occupation pour laquelle il est fait –, la décadence disparaîtra d'elle-même. On ne peut pas servir deux dieux! On ne peut pas en même temps balayer les rails des tramways et organiser le destin de je ne sais quels gueux espagnols! Personne n'y réussirait, docteur, et surtout pas des gens qui, ayant sur l'éducation européenne un retard de quelque deux cents ans, ne sont pas encore tout à fait sûrs d'eux quand ils boutonnent leur propre pantalon.

Philippe Philippovitch était déchaîné. Ses narines de vautour palpitaient. Ayant restauré ses forces par un copieux repas, il tonnait comme un prophète antique et sa tête étincelait d'argent.

Ses paroles tombaient sur le chien ensommeillé comme un sourd grondement souterrain. Tantôt c'était la chouette, avec ses yeux jaunes et bêtes, qui lui apparaissait en rêve, tantôt la sale trogne du cuisinier avec son bonnet crasseux, tantôt la moustache hardie de Philippe Philippovitch, éclairée par la brutale lumière électrique de l'abat-jour, tantôt un traineau ensommeillé qui disparaissait en crissant, tandis qu'au fond de l'estomac canin, baignant dans son jus, un morceau déchiqueté de rosbif se laissait digérer.

« Il pourrait carrément gagner des sous dans les réunions publiques, songeait vaguement le chien. C'est un affairiste de première! Au fait, les sous, manifestement, il en a à revendre. »

— Le milicien! criait Philippe Philippovitch. Le milicien! (« Hou hou hou! », il y avait des espèces de bulles qui éclataient dans le cerveau du chien...) Le milicien! Un point, c'est tout. Et peu importe qu'il porte une plaque ou un képi rouge. Il faut flanquer tout homme d'un milicien et forcer ce milicien à modérer les élans vocaux de nos concitoyens. Vous dites que c'est la décadence. Je vous dirai, docteur, que rien n'ira mieux dans notre immeuble et d'ailleurs dans tout autre immeuble, tant qu'on n'aura pas ramené ces chanteurs à la raison ! Dès qu'ils auront mis fin à leurs concerts, la situation évoluera d'elle-même vers le mieux.

— Vous dites des choses contre-révolutionnaires, Philippe Philippovitch, remarqua le mordu par voie de plaisanterie. Il ne faudrait pas qu'on vous entende.

— Aucun danger, répliqua Philippe Philippovitch avec chaleur. Je ne fais aucune contre-révolution. A propos, voilà encore un mot que je ne supporte en aucune manière. On ignore absolument ce qu'il cache. Par tous les diables. Et c'est pourquoi je dis : mes paroles ne contiennent aucune espèce de contre-révolution. Elles contiennent du bon sens et l'expérience de la vie.

Là-dessus Philippe Philippovitch ôta de son col la queue de sa serviette miroitante et toute froissée, et, l'ayant roulée en boule, la posa à côté du verre de vin qu'il n'avait pas terminé. Le mordu se leva aussitôt en remerciant : *Thank you*.

— Un instant, docteur ! le retint Philippe Philippovitch en tirant de sa poche de pantalon un portefeuille.

Il plissa les paupières, compta les billets blancs et les tendit au mordu avec ces mots :

— Aujourd'hui, Ivan Arnoldovitch, vous touchez 40 roubles. Je vous en prie.

La victime du chien remercia poliment et fourra l'argent dans la poche de sa veste en rougissant.

— Ce soir, vous n'avez pas besoin de moi Philippe Philippovitch ? s'enquit-il.

— Non, mon bon, je vous remercie. Ce soir, on ne fait rien. D'abord le lapin est crevé, et puis, ce soir, le Bolchoï donne *Aïda* que je n'ai pas entendu depuis longtemps. Vous vous rappelez? Le duo : trala la lère...

— Comment trouvez-vous le temps, Philippe Philippovitch? demanda respectueusement le médecin.

— On trouve toujours le temps si on ne se presse jamais, expliqua l'hôte sentencieusement. Bien sûr, si je courais les réunions et si je chantais toute la journée comme un rossignol au lieu de m'occuper de ma spécialité, je n'aurais le temps de rien faire.

Sous les doigts de Philippe Philippovitch, sa montre à répétition fit entendre des sons célestes au fond de sa poche.

— Huit heures passées... J'irai pour le deuxième acte. Je suis partisan de la répartition du travail. Le Bolchoï chante et moi, j'opère. Voilà qui va bien. Et pas de décadence... Cela dit, Ivan Arnoldovitch, veillez-y tout de même attentivement : dès qu'il y a un mort intéressant, aussitôt à bas de la table, dans le formol et chez moi !

— Ne vous inquiétez pas, Philippe Philippovitch. Les pathologues anatomistes m'ont donné leur parole.

— Fort bien. Et nous, en attendant, nous allons observer ce neurasthénique du caniveau. Il faut que son flanc guérisse.

« Il s'inquiète de moi, pensa le chien. C'est un homme très bon. Je sais qui c'est. C'est un enchanteur, un mage, un nécromant sorti d'un conte de chiens... Car il est impossible que tout ce que j'ai vu soit un rêve. Et si c'était un rêve? (Le chien frissonna dans son sommeil.) Je vais me réveiller... et il n'y aura rien. Ni lampe entourée de soie, ni chaleur, ni rassasiement. Ce qui va reprendre, ce sera la porte cochère, le froid insensé, l'asphalte verglacé, la faim, les hommes méchants... La cantine, la neige... Dieu, comme ce sera pénible ! »

Mais rien de tout cela n'arriva. Ce fut la porte cochère qui fondit comme un mauvais rêve et ne revint pas.

Apparemment, la décadence n'était pas si atroce. Malgré elle, deux fois par jour les accordéons gris sous les fenêtres s'emplissaient de chaleur et la réverbération se répandait par vagues dans l'appartement.

C'était parfaitement clair : le chien avait tiré le gros lot des canidés. Au moins deux fois par jour, ses yeux s'emplissaient de larmes dédiées au sage de la Prétchistenka. En outre, tous les trumeaux du salon et du vestibule, entre les armoires, reflétaient ce chien chanceux et superbe.

« Je suis superbe. Peut-être suis-je quelque prince des chiens incognito, méditait-il, en contemplant le toutou ébouriffé, de couleur café, à la gueule satisfaite, qui se promenait par les lointains des miroirs. Il est très possible que ma grand-mère ait fauté avec un terre-neuve. Justement, je remarque que j'ai sur la gueule une tache blanche. D'où vient-elle, je vous le demande. Philippe Philippovitch est un homme de goût : il n'irait pas adopter le dernier des corniauds. »

En une semaine, le chien bouffa autant que dans le mois et demi de famine qu'il avait passé dans la rue. En poids seulement, bien sûr. La qualité de la cuisine chez Philippe Philippovitch ne se discutait pas. Sans tenir compte que, tous les jours, Daria Pétrovna achetait 18 kopeks de déchets sur le marché Smolensky, il suffira de mentionner les dîners à sept heures dans la salle à manger, auxquels le chien assistait, malgré les protestations de la délicate Zina. Au cours de ces dîners, Philippe Philippovitch acquit définitivement le titre de divinité. Le chien se mettait sur ses pattes de derrière et lui mâchait le veston, le chien connaissait à la perfection la façon de sonner de Philippe Philippovitch – les deux coups secs et sonores du maître de maison – et il se précipitait en aboyant pour l'accueillir dans le vestibule. Le maître faisait son entrée dans sa pelisse de renard d'un noir fauve, scintillant d'un million de cristaux de neige, fleurant la mandarine, le cigare, le parfum, le citron, l'essence, l'eau de cologne, le drap, et sa voix résonnait par tout le logis comme une trompette de commandement.

— Cochon! Pourquoi as-tu abîmé la chouette? Elle te gênait? Elle te gênait, je te demande? Pourquoi as-tu cassé le professeur Metchnikov?

— Philippe Philippovitch, il faudrait le fouetter ne serait-ce qu'une fois, s'indignait Zina. Ou alors il va être complètement gâté. Regardez ce qu'il a fait à vos caoutchoucs.

— On ne doit fouetter personne, s'agitait Philippe Philippovitch. Rappelle-toi cela une fois pour toutes. Sur les hommes et les animaux, on ne peut agir que par la persuasion. On lui a donné de la viande aujourd'hui?

— Seigneur, il a bouffé plus que tout le monde. Quelle question, Philippe Philippovitch! Je m'étonne qu'il n'ait pas encore éclaté.

— Eh bien, qu'il mange et que ça lui profite... En quoi la chouette te gênait-elle, polisson?

— Hou, hou... geignait le chien obséquieusement et il rampait sur le ventre, les pattes à l'envers.

Ensuite on le traîna à grands cris par le cou, à travers le vestibule et dans le cabinet. Le chien hurlait, montrait les dents, s'accrochait au tapis, se laissait tirer sur le derrière comme au cirque. Au milieu du cabinet, sur le tapis, gisait la chouette aux yeux de verre, le ventre écharpé, avec je ne sais quels chiffons rouges sentant la naphtaline qui en dépassaient. Sur la table, traînaient les débris d'un portrait brisé en mille morceaux.

— J'ai fait exprès de ne pas ranger, pour que vous admiriez, rendait compte Zina, toute retournée. Il a sauté sur la table, le coquin ! Et il l'a saisie par la queue. Je n'ai pas eu le temps de m'en rendre compte qu'il l'avait déjà mise en pièces. Mettez-lui la gueule contre la chouette, Philippe Philippovitch, pour qu'il apprenne à abîmer les choses.

Et les hurlements commencèrent. Le chien, qui collait au tapis, fut traîné jusqu'à la chouette et on lui fourra la gueule dedans, tandis que lui pleurait à chaudes larmes en pensant : « Battez-moi, mais ne me chassez pas de l'appartement. »

— Qu'on envoie la chouette chez le taxidermiste dès aujourd'hui. En outre, tiens, voilà 8 roubles et 16 kopeks pour le tramway : va chez Mur et achète-lui un bon collier avec une chaîne.

Le lendemain, on mit au chien un collier large et brillant.

Au premier instant, s'étant regardé dans la glace, il fut tout déconfit, baissa la queue et partit pour la salle de bains, en se demandant comment il allait faire pour arracher la chose contre un coffre ou un bahut. Mais bientôt il comprit qu'il n'était qu'un imbécile. Zina l'emmena promener avec sa chaîne dans la ruelle Oboukhov. Le chien marchait comme un prisonnier, mourant de honte, mais, ayant pris la Prétchistenka jusqu'à l'église du Christ-Sauveur, il comprit fort bien ce que, dans la vie, signifiait un collier. La rage de l'envie se lisait dans les yeux de tous les chiens de rencontre, et, près de la ruelle Mertvy, je ne sais quel corniaud dégingandé à la queue coupée le traita de larbin et de bête d'attelage. Quand on traversa les rails du tramway, le milicien considéra le collier avec approbation et respect, et, lorsqu'on rentra, la chose la plus inouïe se produisit : Fiodor le portier ouvrit la grande porte de ses propres mains et laissa entrer Bouboul tout en disant à Zina :

— Eh bien, il est poilu, le protégé de Philippe Philippovitch. Et extraordinairement empâté.

— Pas étonnant ! Il boulotte pour six, expliqua Zina, toute rouge et resplendissante de froid.

« Un collier, c'est comme une serviette d'homme d'affaires », plaisanta intérieurement le chien, et, tortillant du derrière, il monta à l'étage noble comme un grand seigneur.

Ayant apprécié le collier selon ses mérites, le chien rendit sa première visite à ce département principal du paradis dont l'entrée lui avait été jusque-là formellement interdite, à savoir le royaume de la cuisinière Daria Pétrovna. L'appartement tout entier ne valait pas tripette à côté du royaume darien. Tous les jours, dans le fourneau noir recouvert sur le haut de carreaux de faïence, la flamme mitraillait et faisait rage. Le four craquetait. Parmi les piliers cramoisis, la face de Daria Pétrovna, toute luisante avec ses reflets graisseux, ardait sous l'effet d'une torture éternelle par le feu et d'une passion inassouvie. Dans sa coiffure à la mode, les oreilles couvertes et une corbeille de cheveux clairs sur la nuque, étincelaient vingt-deux faux diamants. Sur les murs, à des crochets pendaient des casseroles d'or. La cuisine tout entière vrombissait d'odeurs, bouillonnait et sifflait dans des récipients clos...

— Dehors! glapit Daria Pétrovna. Dehors, chapardeur en maraude! On n'a pas besoin de toi ici.
Je vais te faire tâter de mon tisonnier!...

— Qu'est-ce qui te prend? Qu'as-tu à aboyer?
répondit le chien en plissant amoureusement les
yeux. Comment pourrais-je être un chapardeur?
Vous ne remarquez donc pas mon collier?

Et, de profil, il poussait la porte, en introduisant
le museau dans l'ouverture.

Le chien Bouboul avait le secret de conquérir le
cœur des hommes. Deux jours après, il était déjà
couché près du panier à charbon et il regardait
travailler Daria Pétrovna. Avec son couteau étroit
et affilé, elle coupait la tête à des gelinottes sans
défense, puis, comme un bourreau féroce, elle
arrachait la chair des os, elle extorquait les
entrailles des poules, elle tournait quelque chose
dans le hache-viande. Cependant Bouboul triturait une tête de gelinotte. D'une terrine de lait
Daria Pétrovna retirait des bouts de pain trempé,
les mélangeait sur une planche avec de la bouillie
de viande, arrosait le tout de crème, le saupou-
drait de sel, et, sur sa planche, en modelait de
petites boules. Dans le fourneau, ça vrombissait
comme dans les incendies, tandis que sur la poêle,
ça grondait, ça faisait des bulles, ça tressautait. Le
bouchoir s'ouvrait avec un bruit de tonnerre,
découvrant un enfer horrible où bouillonnait la
flamme en changeant de couleurs.

Le soir, la gueule de pierre s'éteignait. Par la
fenêtre de la cuisine, au-dessus du petit rideau
blanc à mi-hauteur, on voyait la nuit épaisse et
grave de la Prétchistenka avec une étoile solitaire.
Sur le sol de la cuisine, il faisait humide; les casseroles luisaient, mystérieuses et mates; une casquette de pompier traînait sur la table. Bouboul
était couché sur le fourneau tiède, comme un lion

sur un portail, et, une oreille levée de curiosité, voyait un homme ému, à moustache noire et à large ceinture de cuir, derrière la porte entrebâillée de la chambre de Zina et de Daria Pétrovna, pressant dans ses bras Daria Pétrovna, dont le visage tout entier brûlait de souffrance et de passion, à l'exception du nez poudré à mort. Un rai de lumière éclairait le portrait du moustachu, orné d'une rose de Pâques en papier.

— Un vrai démon! marmottait Daria Pétrovna dans la pénombre. Laisse-moi tranquille! Zina va arriver. On dirait que tu t'es fait rajeunir toi aussi!

— Inutile en ce qui me concerne, répondait le moustachu d'une voix enrouée et se maîtrisant à peine. Et vous, vous pétez le feu!

Le soir, l'étoile de la Prétchistenka disparaissait derrière des stores pesants, et, si le Bolchoï ne donnait pas *Aïda* et que la Société panrusse de chirurgie ne siégeât point, la divinité s'installait dans son cabinet, au fond de son fauteuil. Pas de lumière au plafond. Une seule lampe verte luisait sur le bureau. Bouboul était étendu sur le tapis, dans l'ombre, et ne pouvait détacher ses yeux d'un spectacle affreux. Dans un répugnant liquide, âcre et trouble, au fond d'un récipient de verre, flottait une cervelle humaine. Les mains de la divinité, manches remontées jusqu'aux coudes, étaient revêtues de gants de caoutchouc rougeâtres et les doigts obtus et glissants s'affairaient dans les replis. De temps en temps, la divinité s'armait d'un petit couteau étincelant et tranchait sans bruit la cervelle jaune et élastique.

— *Jusqu'aux bords sacrés du Nil...*

fredonnait tout bas la divinité, se mordant les lèvres et se rappelant les entrailles d'or du théâtre Bolchoï.

Les tuyaux, à cette heure-là, étaient plus chauds que jamais. Leur chaleur montait vers le plafond, d'où elle se dispersait par toute la pièce, et, dans le pelage du chien s'éveillait la dernière puce, celle que Philippe Philippovitch n'en avait pas encore extirpée à coups de peigne, de ses propres mains, mais qui était déjà condamnée. Les tapis étouffaient les bruits de l'appartement. Et puis la porte d'entrée résonnait au loin.

« La petite Zina a filé au cinéma, pensait le chien, et, quand elle reviendra, il sera donc temps de souper. Aujourd'hui, il faut croire que ce sont des côtelettes de veau ! »

*

Dès le matin de l'horrible journée, Bouboul fut transpercé d'un pressentiment. A la suite de quoi, il se mit soudain à geindre, et c'est sans le moindre appétit qu'il mangea son petit déjeuner : une demi-tasse de flocons d'avoine et un os de mouton datant de la veille. Il se rendit tristement dans le vestibule et y poussa un léger gémissement devant son propre reflet. Mais plus tard, après que Zina l'eut emmené promener sur le boulevard, la journée suivit son cours ordinaire. Il n'y avait pas, ce jour-là, de consultation, parce qu'on sait bien qu'il n'y en a jamais le mardi, et la divinité siégeait dans son cabinet, ayant ouvert sur le bureau on ne savait quels lourds volumes illustrés en couleur. On attendait le dîner. Le chien se sentit quelque peu ragaillardi en songeant que le plat de résistance du jour serait une dinde, comme il s'en était assuré à la cuisine. En longeant le couloir, le chien entendit le téléphone, déplaisant et imprévu, sonner dans le cabinet de Philippe Philippovitch. Philippe Philippovitch décrocha, écouta et s'agita soudain.

— Parfait, fit sa voix. Apportez-le immédiatement, immédiatement !

Il s'affaira, sonna et ordonna à Zina, qui entrait,
de servir le dîner sans délai.

— A dîner ! A dîner ! A dîner !

Aussitôt les assiettes résonnèrent dans la salle à
manger, Zina se mit à courir de côté et d'autre, et
on entendit Daria Pétrovna grogner dans la cuisine que la dinde n'était pas prête. Le chien se sentit de nouveau troublé.

« Je n'aime pas les remue-ménage dans l'appartement », réfléchissait-il.

Or, à peine eut-il pensé cela, que le remue-
ménage prit un caractère encore plus désagréable.
Et d'abord grâce à l'apparition du docteur Bormenthal, jadis mordu, lequel arrivait avec une
valise qui sentait mauvais, et que, sans même ôter
son pardessus, il emporta de l'autre côté du couloir dans la salle de soins. Philippe Philippovitch
abandonna sa tasse de café sans la terminer, ce
qui ne lui arrivait jamais, et courut à la rencontre
de Bormenthal, ce qui ne lui arrivait jamais non
plus.

— Quand est-il mort ? cria-t-il.

— Il y a trois heures, répondit Bormenthal,
sans ôter sa toque couverte de neige et en débou-
clant la valise.

« Qui donc est mort ? se demanda le chien,
sombre et mécontent, en se fourrant dans leurs
jambes. Je déteste qu'on coure dans tous les
sens. »

— Débarrasse-moi le plancher ! Plus vite, plus
vite, plus vite ! cria Philippe Philippovitch dans
toutes les directions tout en sonnant de toutes les
sonnettes – telle fut du moins l'impression du
chien.

Zina arriva en courant.

— Zina! Daria Pétrovna au téléphone. Qu'elle prenne des notes. On ne reçoit personne! Toi, j'ai besoin de toi. Docteur Bormenthal, je vous en supplie, plus vite, plus vite, plus vite!

« Ça ne me plaît pas, ça ne me plaît pas! »

L'air vexé, le sourcil froncé, le chien se mit à déambuler par l'appartement, tandis que toute l'agitation se concentrait dans la salle de soins. Zina se trouva soudain couverte d'une blouse ressemblant à un linceul et se mit à courir de la salle de soins à la cuisine et retour.

« Si je cassais une petite croûte? Qu'ils aillent tous se faire voir! » décida le chien, qu'attendait une surprise soudaine.

— Qu'on ne donne rien à Bouboul! tonna un ordre provenant de la salle de soins.

— Il est impossible à surveiller, voyons.

— Qu'on l'enferme!

Et on attira Bouboul dans la salle de bains où on l'enferma.

« Grossiers personnages, pensa Bouboul assis dans la pénombre de la salle de bains. C'est d'un bête!... »

Il passa près d'un quart d'heure dans la salle de bains, en proie à une humeur étrange : colère ou je ne sais quel pénible abattement. Tout était morne, trouble...

« Très bien, vénéré Philippe Philippovitch, vous aurez de drôles de caoutchoucs demain, pensait-il. Vous avez déjà dû vous en racheter deux paires, vous en rachèterez encore une. Cela vous apprendra à enfermer les chiens. »

Mais, tout à coup, sa pensée rageuse fut interrompue. Avec une soudaine clarté, il se rappela, sans savoir pourquoi, un bout de sa prime jeunesse : une cour immense et ensoleillée près de la barrière Préobrajensky, des débris de soleil dans des bouteilles, des briques écrasées, des chiens errants en liberté.

« Non, il n'est pas question de partir d'ici, si libre qu'on soit ailleurs. Il ne faut pas se raconter d'histoires, se lamentait le chien en reniflant. J'ai pris des habitudes. Je suis un chien de seigneur, un être intellectuel, j'ai goûté à la douceur de vivre. D'ailleurs qu'est-ce que la liberté ? Rien du tout : fumée, mirage, fiction.. Un délire de ces misérables démocrates... »

Puis la pénombre de la salle de bains devint effrayante, il hurla, se jeta sur la porte, commença à gratter.

— Hou-hou-hou !

L'appartement en résonna comme une barrique.

« Je la déchirerai encore, cette chouette ! » pensa le chien, plein d'une rage impuissante.

Puis il s'affaiblit, s'étendit pour un moment, et, lorsqu'il se releva, ses poils se hérissèrent soudain, et, sans raison, d'horribles yeux de loup lui apparurent dans la salle de bains.

Il était au comble des tourments quand la porte s'ouvrit. Le chien sortit en se secouant et se dirigea vers la cuisine d'un air sinistre, mais, par son collier, Zina le traîna avec obstination vers la salle de soins. Le chien en eut un frisson sous le cœur.

« Pourquoi a-t-on besoin de moi ? se demanda-t-il, soupçonneux. Mon flanc est guéri. Je n'y comprends rien. »

Et le voilà patinant des pattes sur le parquet glissant : ce fut ainsi qu'on l'amena dans la salle de soins. Là, un éclairage jamais vu, le surprit aussitôt. La boule blanche au plafond brillait au point de faire mal aux yeux. Dans cet éblouissement blanc se tenait le grand prêtre qui fredonnait entre ses dents ses « bords sacrés du Nil ». Seule une vague odeur laissait deviner que c'était là Philippe Philippovitch. Sa coiffure chenue disparaissait sous un bonnet blanc rappelant une tiare de patriarche. La divinité était toute vêtue de blanc, et, par-dessus le blanc, elle portait, comme une étole, un étroit tablier de caoutchouc. Les mains – en gants noirs.

Le mordu aussi était en tiare. La grande table avait ses rallonges et on en avait approché une petite, carrée, sur un pied étincelant.

Ici, ce fut le mordu qui inspira le plus de haine au chien, surtout à cause des yeux qu'il avait maintenant. D'ordinaire braves et sincères, ils fuyaient à présent ceux du chien dans tous les sens. Ils étaient vigilants, pleins de fausseté, et, dans leurs profondeurs se cachait une action mauvaise, crapuleuse, sinon un véritable crime.

Le chien lui jeta un regard lourd et alla se mettre sombrement dans un coin.

— Le collier, Zina, prononça Philippe Philippovitch d'une voix contenue. Mais ne l'excite pas.

Aussitôt les yeux de Zina devinrent aussi répugnants que ceux du mordu. Elle s'approcha du chien et le caressa d'un air visiblement hypocrite. Lui la regarda avec angoisse et mépris.

« Eh bien quoi ? Vous êtes trois. Vous m'aurez, si vous voulez. Mais vous devriez avoir honte... Si seulement je savais ce que vous allez me faire... »

Zina défit le collier, le chien agita la tête, s'ébroua. Le mordu se dressa devant lui, dégageant des relents répugnants, nauséeux.

« Pouah, quel dégoût !... Pourquoi suis-je si écœuré, pourquoi ai-je si peur ? » se dit le chien en reculant devant le mordu.

— Plus vite, docteur, fit Philippe Philippovitch avec impatience.

Une odeur brutale et sucrée se répandit dans

l'air. Le mordu, sans détacher du chien ses sales yeux vigilants, sortit sa main droite qu'il avait tenue cachée derrière son dos et fourra vite dans le nez du chien une boule d'ouate humide. Bouboul, stupéfait, sentit la tête lui tourner légèrement, mais il eut encore le temps de faire un saut en arrière. Le mordu bondit après lui et lui colla soudain son ouate sur toute la gueule. Aussitôt le souffle manqua au chien, mais il trouva le moyen de se libérer encore une fois. « Scélérat ! Que t'avais-je fait ? » passa dans sa tête. Et on lui colla la chose encore une fois. Alors, imprévisible, un lac apparut au milieu de la salle de soins, et, dessus, dans des barques, de très joyeux chiens d'outre-tombe, de couleur rose, comme il n'en existe pas. Comme désossées, les pattes du chien se plièrent.

— Sur le billard ! carillonna quelque part la voix pleine de gaîté de Philippe Philippovitch.

Ces mots se fondirent en des fontaines orange. La terreur disparut, remplacée par de la joie. Pendant quelque deux secondes le chien qui s'éteignait aima le mordu. Puis le monde entier se retourna le fond en l'air. Il y eut encore une main froide mais agréable sous le ventre. Puis rien.

IV

Sur l'étroite table d'opération s'étalait le chien Bouboul, et sa tête sans défense cognait et cognait contre l'oreiller de toile cirée blanche. Son ventre avait été tondu et maintenant le docteur Bormenthal, qui respirait péniblement dans sa hâte, attaquait, la tête de Bouboul, la tondeuse lui mordant le pelage. Philippe Philippovitch, s'appuyant des paumes sur le bord de la table, les yeux aussi brillants que la monture d'or de ses lunettes, observait le processus en parlant avec émotion.

— Ivan Arnoldovitch, le moment le plus grave, c'est quand je pénétrerai dans la selle turcique. Je vous en supplie, passez-moi la bouture à l'instant, et recousez aussitôt. Si j'ai un commencement d'hémorragie, nous perdons du temps et nous perdrons le chien aussi. D'ailleurs, lui, de toute manière, n'a aucune chance.

L'œil mi-clos, il se tut un instant, considérant l'œil, qu'on eût dit ironiquement à demi-ouvert, du chien, et ajouta :

— Savez-vous, il me fait pitié. Figurez-vous que je me suis habitué à lui.

A ce moment, il levait les bras, comme s'il bénissait Bouboul, chien malchanceux, sur le point d'aller accomplir un exploit ardu. Il faisait tous ses efforts pour qu'aucun grain de poussière ne tombât sur le caoutchouc noir.

Le pelage une fois tondu, la peau blanchâtre du chien brilla. Bormenthal jeta la tondeuse et s'arma d'un rasoir. Il enduisit de savon la petite tête sans défense et entama le rasage. De forts crissements se faisaient entendre sous la lame, çà et là on voyait apparaître du sang. Ayant rasé la tête, le mordu l'essuya d'une boule trempée d'essence, puis il étala le ventre dénudé du chien et prononça en soufflant :

— C'est prêt.

Zina ouvrit le robinet au-dessus du lavabo et Bormenthal s'empressa de laver ses mains que Zina, tenant une fiole, arrosa d'alcool.

— Je peux disposer, Philippe Philippovitch ? demanda-t-elle en jetant des regards craintifs à la tête rasée du chien.

— Tu peux.

Zina disparut. Bormenthal recommença à s'affairer. Il entoura la tête de Bouboul de petites serviettes de gaze et, sur l'oreiller, apparut un crâne de chien chauve avec une étrange gueule barbue, comme personne n'en avait jamais vu.

Alors le pontife se mit en mouvement. Il se redressa, jeta un regard à la tête de chien et dit :

— Bon, avec la bénédiction de Dieu. Bistouri.

Bormenthal tira un bistouri ventru du tas qui étincelait sur la petite table et le tendit au pontife. Après quoi il revêtit des gants noirs semblables aux siens.

— Il dort ? demanda Philippe Philippovitch.

— Il dort.

Les dents de Philippe Philippovitch se serrèrent, ses petits yeux brillèrent d'un éclat aigu et pointu et, levant le bistouri, il ouvrit une longue estafilade dans le ventre de Bouboul. La peau s'écarta aussitôt et du sang en jaillit dans toutes les directions. Bormenthal se précipita comme un fauve, et, avec des tampons de gaze, se mit à écraser l'estafilade de Bouboul; puis, à l'aide de petites pinces comme on en utilise pour le sucre, il en aplatit les côtés si bien qu'elle sécha. Des bulles de sueur apparurent sur le front de Bormenthal. Philippe Philippovitch trancha une deuxième fois, et le corps de Bouboul fut déchiré de crochets, de ciseaux, de crampons. Des tissus roses et jaunes, pleurant leur rosée sanglante, apparurent. Philippe Philippovitch triturait le corps avec son couteau. Puis il cria :

— Ciseaux !

L'instrument brilla dans les mains du mordu comme dans celles d'un prestidigitateur. Philippe Philippovitch pénétra dans les profondeurs et, en quelques girations arracha au corps de Bouboul ses glandes génitales avec quelques lambeaux. Bormenthal, tout trempé de bonne volonté et d'émotion, se rua vers un bocal de verre et en tira d'autres glandes génitales, trempées, pendouillantes. Dans les mains du professeur et de l'assistant se tordirent des cordes brèves et humides. Des aiguilles courbes cliquetèrent dans les serrages, les glandes génitales furent cousues à la place de celles de Bouboul. Le pontife s'écarta de l'entaille, y fourra une masse de gaze et ordonna :

— Dépêchez-vous de recoudre la peau, docteur.

Puis il se retourna vers la pendule murale, ronde et blanche.

— Quatorze minutes de travail, filtra Bormenthal à travers ses dents serrées, et il plongea son aiguille courbe dans la peau flasque.

Alors tous deux s'émurent, comme des assassins qui se hâtent d'en finir.

— Bistouri, cria Philippe Philippovitch.

Le bistouri lui sauta dans les mains comme de lui-même, après quoi le visage de Philippe Philippovitch devint effrayant. Il montra ses couronnes d'or et de porcelaine, et, d'un coup, mit un diadème rouge au front de Bouboul. La peau aux poils rasés fut rejetée comme un scalp. On dénuda le crâne osseux. Philippe Philippovitch cria :

— Trépan.

Bormenthal lui tendit le vilbrequin étincelant. Se mordant les lèvres, Philippe Philippovitch commença à enfoncer le vilbrequin et à percer, dans le crâne de Bouboul, de petits trous, à un centimètre de distance les uns des autres, tout autour du crâne. Aucun ne lui prit plus de cinq secondes. Puis, avec une scie d'un modèle inconnu, ayant introduit le talon dans le premier trou, il commença à scier comme on cisèle un nécessaire pour ouvrages de dames. Le crâne gémissait tout bas et tremblait. Après quelque trois minutes on ôta au crâne de Bouboul son couvercle.

Alors la coupole de la cervelle de Bouboul fut dénudée : toute grise avec des veinules bleuâtres et des taches rougeâtres. Philippe Philippovitch plongea les ciseaux dans les enveloppes et les ouvrit. Une fois, une mince fontaine de sang jaillit, manqua de peu l'œil du professeur et lui aspergea le bonnet. Bormenthal se précipita comme un tigre, avec sa pince à forcipressure, se mit à comprimer et y réussit. La sueur dégoulinait sur Bormenthal à torrents, et son visage était devenu charnu et bigarré. Ses yeux couraient des mains du professeur au plat posé sur la table à instruments. Quant à Philippe Philippovitch, il était devenu formidable, au sens propre. Un râle sortait de son nez, ses dents se découvraient jusqu'aux gencives. Il arracha l'enveloppe cervicale et s'enfonça dans les profondeurs, faisant émerger du calice l'hémisphère du cerveau. A cet instant Bormenthal se mit à blêmir, saisit d'une main la poitrine de Bouboul et dit d'une voix quelque peu enrouée :

— Le pouls ralentit rapidement...

Philippe Philippovitch lui jeta un regard de fauve, marmonna quelque chose et coupa encore plus profond. Bormenthal cassa dans un craquement une ampoule de verre, y remplit une seringue et piqua perfidement Bouboul dans la région du cœur.

— Je progresse vers la selle turcique, rugit Philippe Philippovitch et, de ses gants ensanglantés et glissants, il fit saillir le cerveau gris-jaune de Bouboul de sa tête.

Un instant, il jeta un coup d'œil oblique à la gueule de Bouboul, et Bormenthal cassa aussitôt une autre ampoule contenant un liquide jaune qu'il suça avec sa longue seringue.

— Dans le cœur? demanda-t-il timidement.

— Quelle question! barrit le professeur en colère. Vous l'avez déjà fait crever cinq fois. Piquez! C'est inconcevable!

Son visage, à ces mots, ressemblait à celui d'un brigand inspiré.

Prenant son élan, le médecin enfonça facilement l'aiguille dans le cœur du chien.

— Il vit, mais à peine, murmura-t-il timidement.

— Pas le temps de discuter pour savoir s'il vit, siffla le terrible Philippe Philippovitch. Je suis dans la selle. Crèvera de toute manière. Le diable te...

— Jusqu'aux bords sacrés du Nil...

— Donnez-moi l'hypophyse.

Bormenthal lui présenta un bocal où, dans le liquide, flottait une petite pelote blanche au bout d'un filament. D'une main, il s'empara de la pelote flottante – « Parole d'honneur, il n'a pas d'égal en Europe », pensa vaguement Bormenthal –, tandis que, de l'autre, il en découpait une semblable dans les profondeurs séparant les hémisphères écartés. La pelote de Bouboul, il la jeta sur un plat, il logea la nouvelle dans le cerveau, avec son filament, et, de ses doigts courtauds soudain devenus minces et souples comme par miracle, il réussit à l'y enrouler d'un fil ambré. Après quoi, il ôta les écarteurs et la pince de la tête, remit le cerveau dans la boîte cranienne, se rejeta en arrière et demanda, plus calmement cette fois :

— Il est mort, bien sûr?...

— Le pouls est filiforme, répondit Bormenthal.

— Encore de l'adrénaline.

Le professeur jeta les enveloppes sur le cerveau, replaça, comme sur mesure, le couvercle scié, remit le scalp en place et rugit :

— Recousez.

En cinq minutes, Bormenthal recousit la tête en cassant trois aiguilles.

Et voici que, sur le fond ensanglanté de l'oreiller, apparut la gueule éteinte de Bouboul, une entaille tout autour de la tête. Alors, se reculant définitivement comme un vampire repu, Philippe Philippovitch arracha un de ses gants, d'où s'échappa un nuage de poudre trempée de sueur, déchira l'autre, le jeta par terre et sonna en appuyant sur un bouton dans le mur. Zina parut sur le seuil, en se détournant pour ne pas voir Bouboul tout sanglant. Le pontife ôta de ses mains crayeuses son bonnet ensanglanté et cria :

— Zina, tout de suite une cigarette, du linge propre et un bain.

Il posa son menton sur le rebord de la table, avec deux doigts écarta la paupière droite du chien, jeta un regard dans l'œil qui se mourait manifestement et prononça :

— Eh bien, le diable l'emporte, il n'est pas crevé. Mais il crèvera de toute manière. Ah! docteur Bormenthal, c'est dommage : c'était un chien affectueux, encore que finaud.

V

EXTRAIT DU JOURNAL DU DOCTEUR BORMENTHAL

Un cahier mince, de format commercial. Couvert de l'écriture de Bormenthal. Sur les deux premières pages, elle est soignée, dense et claire ; plus loin, large, désordonnée, avec de nombreuses taches.

Lundi 22 décembre 1924

Histoire de la maladie

Chien de laboratoire âgé d'environ 2 ans. Mâle. Race : bâtard. Nom : Bouboul. Pelage rare, par touffes, brunâtre, avec des taches rousses. Queue couleur de lait cuit au four. Au flanc droit, des traces d'une brûlure complètement guérie. Alimentation avant l'arrivée chez le professeur : mauvaise. Après une semaine de présence : très empâté. Poids : 8 kilos (point d'exclamat.). Cœur, poumons, estomac, température...

A 8 heures 30 du soir, première opération en Europe selon la méthode du prof. Transfigouratov. Sous anesthésie au chloroforme, ablation des testicules de Bouboul, remplacés par des testicules humains avec leurs appendices et conduits séminaux, prélevés sur un homme de 28 ans décédé 4 heures et 4 minutes avant l'opération et conservé dans le liquide physiologique stérilisé du prof. Transfigouratov.

Aussitôt après, faisant suite à une trépanation de la boite crânienne, ablation de l'appendice du cerveau remplacé par une hypophyse humaine provenant de l'individu mâle sus-mentionné.

Injecté 8 cubes de chloroforme, 1 seringue de camphre, 3 seringues d'adrénaline dans le cœur.

Observations sur l'opération : réalisation d'une expérience de Transfigouratov avec greffe combinée de l'hypophyse et des testicules afin d'élucider la question de la viabilité de l'hypophyse et, à l'avenir, de son influence sur le rajeunissement des humains.

Chirurgien : prof. Ph. Ph. Transfigouratov. Assistant dr I.A. Bormenthal.

La nuit suivant l'opération : affaiblissements répétés et dangereux du pouls. Issue fatale attendue. Doses énormes de camphre méthode Transfigouratov.

24 décembre. Le matin, amélioration. Respiration deux fois plus rapide. Température 42. Sous-cutanées de camphre et de caféine.

25 décembre. Rechute. Pouls à peine sensible, refroidissement des extrémités, les pupilles ne réa-

gissent pas. Adrénaline au cœur, camphre méthode Transfigouratov, intraveineuse de solution physiologique.

26 décembre. Une certaine amélioration. Pouls 180, respiration 92, température 41. Camphre, alimentation par clystères.

27 décembre. Pouls 152, respiration 50, température 39,8, les pupilles réagissent. Sous-cutanée de camphre.

28 décembre. Amélioration certaine. A midi, sudation prononcée, température 37,0. Plaies opératoires sans changement. Pansement. Appétit. Alimentation liquide.

29 décembre. Découverte soudaine de diminution de la pilosité sur le front et les flancs du tronc. Consultation avec le professeur Vassily Vassilitch Boundarev, titulaire de la chaire de dermatologie et le directeur de l'Institut vétérinaire pilote de Moscou. Ils reconnaissent que le cas est sans précédent dans la littérature. Température...

Au crayon

Hier, premiers aboiements (8 heures 15). On remarque une brusque modification du timbre et un abaissement du registre. Au lieu du vocable ouahou-ouahou, syllabes a-o. Le ton évoque de loin un gémissement.

30 décembre. La chute de poils se traduit par l'apparition d'une calvitie généralisée. La pesée a donné un résultat imprévu : 30 kilos, par suite de

la croissance (allongement) des os. Le chien est toujours prostré.

31 décembre. Appétit colossal.

Tache d'encre dans le cahier.
Après la tache, hâtivement, au crayon :

A 12 heures 12 de l'après-midi, le chien a distinctement aboyé « Nossiop ».

Interruption dans le cahier. Après, suite manifeste d'un état émotif, il est écrit par erreur :

1er décembre. (*Rature, correction*). 1er janvier 1925. Photographie ce matin. Abois joyeux « Nossiop », ce mot étant répété avec force et pour ainsi dire bonheur. A 3 heures de l'après-midi (*en grosses lettres*), éclat de rire provoquant syncope de la femme de chambre Zina. Le soir, répétition 8 fois de suite du mot « Nossiop-Eiren », « Nossiop ».

Ecriture penchée au crayon

Le professeur a déchiffré le mot « Nossiop-Eiren », qui signifie « Poisson-nerie »... Quelque chose de monstr...

2 janvier. Photographié au magnésium en train de sourire. Levé du lit et tenu fermement debout une demi-heure sur pattes de derrière. Presque ma taille.

La science russe a failli subir une grave perte.

Histoire de la maladie du professeur Ph. Ph. Transfigouratov.

A 1 heure 13, profond évanouissement du prof. Transfigouratov. En tombant s'est cogné la tête contre un barreau de chaise. Température.

En ma présence et celle de Zina, le chien (si on peut encore l'appeler chien) a insulté le prof. Transfigouratov en termes grossiers.

Coupure dans les notes

6 janvier. (*Tantôt au crayon, tantôt à l'encre violette*).

Aujourd'hui, après détachement de la queue, a très clairement prononcé le mot « bistrot ». Le phonographe fonctionne. Le diable sait ce que c'est.

*

Je n'y comprends plus rien.

*

Le professeur a suspendu ses consultations. A partir de cinq heures de l'après-midi, de la salle de soins où se promène cet être, proviennent distinctement des jurons manifestement vulgaires et les mots « encore un coup ».

7 janvier. Il prononce des mots très nombreux : « Cocher de fiacre », « Pas de place », « Journal du soir », « Le meilleur cadeau pour les enfants », et

tous les gros mots existant dans le vocabulaire russe.

Son aspect est étrange. Le pelage n'est demeuré que sur la tête, le menton et la poitrine. Pour le reste, il est chauve, avec une peau flasque. Dans le domaine des organes sexuels, c'est un mâle en formation. Le crâne s'est considérablement agrandi. Le front est oblique et bas.

*

Parole d'honneur, je vais devenir fou.

*

Philippe Philippovitch se sent toujours mal. C'est moi qui procède à la plupart des observations (phono, photo).

*

Des rumeurs se sont répandues en ville.

*

Les conséquences sont incalculables. Aujourd'hui, toute la journée la ruelle a été pleine de je ne sais quels fainéants et quelles vieilles femmes. Les badauds sont encore là, sous les fenêtres. Dans les journaux du matin a paru un entrefilet surprenant : « Les bruits concernant un Martien ruelle Oboukhov ne sont fondés sur rien. Ils ont été répandus par les marchands de la Soukharevka et seront sérieusement punis. » Du diable si je sais de quel Martien il s'agit. Enfin, c'est un cauchemar.

*

Encore mieux! Dans *La Gazette du Soir* on écrit qu'est né un enfant qui joue du violon. Illustration : un violon et ma photo au-dessus d'une légende : « Le prof. Transfigouratov qui a pratiqué une césarienne sur la mère ». C'est... c'est indescriptible... Il profonce un nouveau mot : « flic ».

*

Le fin mot de l'affaire, c'est que Daria Pétrovna était amoureuse de moi et a piqué la photo dans l'album de Philippe Philippovitch. Après que j'ai chassé les reporters, l'un d'eux s'est introduit dans la cuisine, etc.

*

Ce qui se passe aux heures de consultation! Aujourd'hui, 82 coups de sonnette. Le téléphone est débranché. Les dames sans enfants sont devenues folles et elles attaquent...

*

Réunion plénière du comité d'immeuble présidé par Schwonder. Pour quoi faire, ils ne le savent pas eux-mêmes.

6 janvier. Tard dans la soirée, le diagnostic a été prononcé. Philippe Philippovitch, en véritable savant, a reconnu son erreur : le remplacement de l'hypophyse provoque non pas le rajeunissement mais une hominisation complète (*souligné trois fois*). Sa stupéfiante, son époustouflante découverte n'en est nullement diminuée.

Aujourd'hui l'autre a fait une promenade dans l'appartement. Il a ri dans le couloir en regardant l'ampoule électrique. Puis, accompagné de Philippe Philippovitch et de moi, il s'est transporté dans le cabinet. Il se tient fermement sur ses pattes de derrière (*raturé*)... sur ses jambes et il donne l'impression d'un individu mâle petit et mal bâti.

Dans le cabinet, il a ri. Son sourire est déplaisant et pour ainsi dire artificiel. Puis il s'est gratté la nuque, a regardé autour de lui et j'ai noté un nouveau vocable distinctement prononcé : « les bourges ». Il a juré. Les gros mots lui viennent méthodiquement, sans interruption et, apparemment, sans le moindre sens. Ils ont un caractère quelque peu phonographique. On dirait que l'individu a jadis entendu quelque part ces jurons, les a inscrits automatiquement et inconsciemment dans son cerveau, et les recrache maintenant par paquets. Cela dit, que le diable m'emporte, je ne suis pas psychiatre.

Sur Philippe Philippovitch le langage grossier produit, je ne sais pourquoi, une impression étonnamment pénible. Il y a des moments où il renonce à observer avec retenue et froideur les nouveaux phénomènes et perd pour ainsi dire patience. Par exemple, en pleins jurements, il s'est soudain écrié nerveusement :

— Assez !

Ce qui n'a produit aucun effet.

Après la promenade dans le cabinet, en conjuguant nos efforts, nous avons reconduit Bouboul dans la salle de soins.

Ensuite nous avons tenu une conférence, Philippe Philippovitch et moi. C'est la première fois, je dois l'avouer, que j'ai vu perplexe cet homme qui est sûr de lui et d'une intelligence confondante. Tout en chantonnant à son ordinaire, il s'est demandé : « Et maintenant qu'allons-nous faire ? » et s'est répondu littéralement comme ceci : « Moscou-Confections, oui... *De Séville jusqu'à Grenade*... Moscou-Confections, cher docteur... » Je n'ai rien compris. Il s'est expliqué : « Je vous prie, Ivan Arnoldovitch, de lui acheter du linge, un pantalon et une veste.

9 janvier. Depuis ce matin, son vocabulaire s'enrichit (en moyenne) d'une nouvelle expression toutes les cinq minutes, et de phrases. On dirait qu'elles étaient gelées dans sa conscience, qu'elles fondent et ressortent. Depuis hier soir, le phono a noté « Pousse pas », « Salaud », « Descends du marchepied », « Je vais te faire ta fête », « La reconnaissance par l'Amérique », « Le réchaud ».

10 janvier. Procédé à l'habillement. S'est laissé mettre la chemise de dessous volontiers, même en riant gaiement. A refusé le caleçon en poussant d'une voix enrouée des cris de protestation : « Faites la queue, saligauds, faites la queue ! » A été habillé. Les chaussettes sont trop grandes pour lui.

(*Dans le cahier, on ne sait quels dessins schématiques qui semblent bien représenter la transformation d'un pied canin en humain.*)

La moitié arrière du squelette de la voûte plantaire (*planta*) s'allonge. Etirement des doigts. Griffes.
Enseignement systématique répété de l'utilisation des toilettes. Domesticité absolument déprimée.
Mais il faut noter la faculté de compréhension de l'individu. Les affaires s'arrangent très bien.

11 janvier. Parfaitement réconcilié avec le pantalon. Prononcé une longue phrase d'un ton joyeux :

« File-moi donc une cibiche, toi qu'as des rayures à ton sac à miches ».

Sur la tête, le pelage est rare, soyeux. Facile à confondre avec des cheveux. Mais les taches rousses sont restées sur le sinciput. Aujourd'hui le dernier duvet des oreilles a pelé. Appétit colossal. Mange des harengs avec passion.

A cinq heures de l'après-midi, un événement. Pour la première fois, les mots prononcés par l'individu n'ont pas été arrachés aux phénomènes ambiants mais provoqués par eux. A savoir, quand le professeur lui a dit d'un ton de commandement « Ne jette pas les restes par terre », il lui a répondu de façon imprévue : « Ta gueule, fumier ».

Philippe Philippovitch fut consterné, puis il se reprit et dit :

— Si tu te permets encore une fois de m'injurier moi ou le docteur, tu recevras une volée.

A cet instant, j'étais en train de photographier Bouboul. Je jure qu'il a compris les paroles du professeur. Une ombre sinistre est tombée sur son visage. Il a eu un regard en-dessous, assez irrité, mais il s'est tu.

Hourrah, il comprend !

12 janvier. Met les mains dans les poches de son pantalon. Lui faisons perdre l'habitude de la grossièreté. A sifflé *Petite pomme*. Entretient des conversations.

Je n'ai pu m'empêcher de faire plusieurs hypothèses. Pour l'instant, au diable le rajeunissement. C'est autre chose qui est infiniment plus important : l'étonnante expérience du prof. Transfigouratov a percé un des mystères du cerveau humain. Désormais la fonction énigmatique de l'hypophyse, cet appendice du cerveau, est éclaircie. Elle détermine l'aspect humain. Ses hormones peuvent être considérées comme les plus importantes de l'organisme : ce sont les hormones de l'aspect. Un nouveau domaine s'ouvre pour la science : sans aucune cornue à la Faust, un homunculus a été créé. Le scalpel du chirurgien a appelé à la vie une nouvelle unité humaine. Prof. Transfigouratov, vous êtes un créateur ! (*Tache d'encre.*)

Au reste, je me suis écarté de mon sujet... Donc, il entretient des conversations. D'après mon hypothèse, voici ce qu'il en est : la greffe de l'hypophyse ayant pris, le centre du discours s'est ouvert dans la cervelle canine et les vocables se sont déversés comme un torrent. Selon moi, nous avons là un cerveau qui a repris vie et s'est déployé, et non pas un cerveau recréé. Ô divine confirmation de la théorie de l'évolution ! Ô chaîne interminable allant du canidé à Mendéléev le chimiste ! Voici encore une hypothèse que je fais : le cerveau de Bouboul, dans la période canine de sa vie, a accumulé une masse de concepts. Tous les vocables qu'il a commencé par utiliser sont des mots des rues, qu'il a entendus et rangés dans son cerveau. Maintenant, quand je marche dans la rue, je regarde avec une terreur cachée les chiens que je rencontre. Dieu sait ce qu'ils cachent dans leur cervelle.

*

Bouboul a lu. Il a lu (*trois points d'exclamation*). Je l'ai deviné. A cause de Nossiop Eiren. C'est qu'il a lu en commençant par la fin. Je sais même où se trouve le mot de l'énigme : dans le croisement des nerfs optiques du chien.

*

Ce qui se passe à Moscou est inconcevable pour l'intelligence humaine. Sept commerçants de la Soukharevka ont déjà été emprisonnés pour avoir répandu des bruits sur la fin du monde provoquée par les bolcheviks. Daria Pétrovna en a parlé et en a même donné la date précise : 28 novembre 1925, jour du saint martyr Stéphane, où la terre entrera en collision avec l'axe des cieux... Des fripons font déjà des conférences. Nous avons déclenché un de ces bazars avec notre histoire d'hypophyse, à vous donner envie de fuir l'appartement. A la demande de Transfigouratov, je me suis installé chez lui et je couche dans la salle d'attente, avec Bouboul. La salle de soins est devenue la salle d'attente. Schwonder a gagné. Le comité d'immeuble jubile. Plus de vitres dans les bibliothèques à cause des bonds. On a eu du mal à lui faire passer cette habitude.

*

Il arrive quelque chose d'étrange à Philippe. Quand je lui ai raconté mes hypothèses et l'espoir que j'ai de faire de Bouboul une très haute personnalité psychique, il a ricané et a répondu : « Croyez-vous ? » D'un ton sinistre. Me serais-je trompé ? Le vieux a inventé quelque chose. Pendant que je m'affaire sur l'histoire de la maladie, il étudie l'histoire de l'homme sur lequel nous avons prélevé l'hypophyse.

*

(*Feuille volante dans le cahier.*)

Klim Grigorievitch Tchougounkine, 25 ans, céli-bataire. Sympathisant du parti communiste sans y appartenir. A été jugé trois fois : la première, acquitté faute de preuves ; la deuxième, son origine sociale l'a sauvé ; la troisième, quinze ans de bagne avec sursis. Larcins. Profession : joueur de balalaïka dans les tavernes.

Petite taille, mal bâti. Foie dilaté (*alcool*). Cause de la mort : coup de couteau au cœur dans un débit de bière (« *Au Signal Stop* », *près de la barrière Préobrajensky*).

*

Le vieux étudie sans répit la maladie de Klim. Je ne comprends pas de quoi il s'agit. Il a vaguement marmonné qu'il aurait dû examiner tout le corps de Tchougounkine à l'institut pathologo-anatomique. De quoi s'agit-il ? Je ne comprends pas. Le propriétaire de l'hypophyse n'a aucune importance.

17 janvier. Rien noté pendant plusieurs jours. Souffert de l'influenza. Pendant ce laps de temps, aspect définitif constitué :
a) corps rigoureusement humain
b) poids environ 50 kilos
c) taille petite
d) tête petite
e) s'est mis à fumer
f) mange des aliments d'homme
g) s'habille tout seul
h) converse couramment
Bravo l'hypophyse (*tache d'encre*).

*

Je termine ici l'histoire de la maladie. Nous

sommes en présence d'un nouvel organisme. Il faut en recommencer l'observation.

En annexe : sténographie des paroles, enregistrements phonographiques, photographies.

Signé : Docteur Bormenthal, assistant du professeur Ph. Ph. Transfigouratov.

VI

Une soirée d'hiver. La fin de janvier. Avant le dîner, avant les consultations. Sur le chambranle de la porte menant à la salle d'attente, une feuille de papier blanc, sur laquelle on lisait, écrit de la main de Philippe Philippovitch :

Interdit de manger des graines de tournesol dans l'appartement. Ph. Transfigouratov.

et, au crayon bleu, en lettres grosses comme des gâteaux pâtissiers, de la main de Bormenthal :

Interdit de jouer sur des instruments à musique de 5 heures de l'après-midi à 7 heures du matin.

Puis, de la main de Zina :

Quand vous rentrerez, dites à Philippe Philippovitch que je ne sais pas où il est allé. Fiodor dit qu'il est parti avec Schwonder.

De la main de Transfigouratov :

Je vais attendre le vitrier pendant un siècle ?

De la main de Daria Pétrovna (en caractères d'imprimerie) :

Zina est partie pour la boutique. Elle a dit qu'elle en ramènerait un.

Dans la salle à manger, l'atmosphère était toute vespérale, grâce à la lampe sous son abat-jour de soie. La lumière du buffet arrivait cassée en deux : les glaces en étaient recollées en forme de croix oblique, d'un bord à l'autre. Philippe Philippovitch, penché sur la table, était plongé dans une immense page de journal. Des éclairs déformaient son visage et, à travers ses dents, se déversaient des grommellements brefs et hachés. Il lisait la notice suivante :

Il n'y a aucun doute qu'il s'agit de son fils illégitime (comme on disait dans la société bourgeoise pourrie). Voilà les distractions de notre bourgeoisie soi-disant cultivée. N'importe qui sait occuper sept pièces tant que le glaive étincelant de la justice n'a pas jeté sur lui son rayon rouge.

Schw...r

Avec une grande obstination et une adresse endiablée, deux cloisons plus loin, quelqu'un jouait de la balalaïka, et les sons d'une variation à fioritures sur l'air de *La lune luit* se mêlaient dans la tête de Philippe Philippovitch avec les termes de la notice en une odieuse bouillie. Ayant fini de lire, il fit le geste de cracher par-dessus son épaule et se mit à fredonner machinalement à travers ses dents :

— *La lune luit... la lune luit... la lune luit...* Pouah ! cette satanée mélodie ne me sort pas de la tête !

Il sonna. La tête de Zina se montra entre les deux portières.

— Dis-lui de finir à cinq heures et de venir ici, s'il te plaît.

Philippe Philippovitch était à table, assis dans son fauteuil. Entre les doigts de sa main gauche dépassait un bout de cigare marron. Devant la portière, adossé au chambranle, un homme de petite taille et d'apparence antipathique se tenait debout, les jambes croisées. Les cheveux qui poussaient sur sa tête étaient raides, on aurait dit des buissons sur un terrain déboisé, et son visage était couvert d'un duvet qu'il n'avait pas rasé. Le front surprenait par son peu de hauteur. Sans presque aucune séparation, au-dessus des pinceaux noirs et écartés des sourcils, commençait la brosse touffue du crâne.

Le veston, déchiré sous l'aisselle gauche, était semé de paille, le petit pantalon rayé était troué au genou droit et taché de violet au gauche. Au cou, l'homme portait une cravate d'un bleu ciel vénéneux et une épingle avec un faux rubis. La couleur de cette cravate était si voyante que, de temps en temps, Philippe Philippovitch, en refermant ses yeux fatigués, voyait, tantôt au plafond, tantôt au mur, une torche enflammée couronnée de bleu. Quand il les rouvrait, ils étaient aveuglés derechef au niveau du sol, sous l'attaque de bottines vernies à guêtres blanches répandant des éventails de lumière.

« Comme s'il portait des caoutchoucs », pensa désagréablement Philippe Philippovitch.

Il soupira, renifla, et s'affaira sur son cigare éteint. L'homme près de la porte jetait des regards troubles au professeur et fumait une cigarette en jonchant de cendre son plastron.

La pendule murale, à côté de la gelinotte en bois, sonna cinq fois. A l'intérieur, quelque chose gémissait encore, quand Philippe Philippovitch entama la conversation.

— Il me semble vous avoir déjà prié deux fois de ne pas dormir dans la soupente à la cuisine. Surtout le jour.

L'homme toussota d'une voix enrouée comme s'il s'était étranglé avec une arête et répondit :

— Ça sent meilleur à la cuisine.

Il avait une voix peu ordinaire, assourdie et pourtant sonore, comme sortant d'une petite barrique.

Philippe Philippovitch secoua la tête et demanda :

— D'où vient cette saleté ? Je veux dire votre cravate.

Les yeux suivant le doigt, l'homme loucha par-dessus sa lèvre écartée et regarda sa cravate amoureusement.

— Pourquoi une saleté ? C'est une cravate très chic. C'est Daria Pétrovna qui me l'a filée.

— Daria Pétrovna vous a offert une horreur. Comme ces bottines. Qu'est-ce que c'est que cette idiotie consternante ? D'où cela vient-il ? Qu'avais-je demandé ? Qu'on achète des chaussures correctes. Et ça, qu'est-ce que c'est ? Ce n'est tout de même pas le docteur Bormenthal qui a choisi ça !

— Je lui avais commandé des vernies. En quoi suis-je pire que les autres ? Allez voir perspective Kouznetsky : tout le monde en porte de vernies.

Philippe Philippovitch tourna la tête de côté et d'autre et se mit à parler avec autorité :

— Fini de dormir dans la soupente. C'est clair ? C'est de l'insolence ! Enfin, vous êtes gênant. Il y a des femmes là-bas.

Le visage de l'homme s'assombrit et ses lèvres se gonflèrent.

— Pour ce qu'elles valent, ces femmes-là ! Excusez du peu. C'est pas des dames, ça. C'est du personnel ordinaire et ça se prend pour des aristocrates. Ça doit encore être la Zinette qui a mouchardé.

Philippe Philippovitch durcit son regard :

— Je vous interdis d'appeler Zina la Zinette. C'est clair ?

Silence.

— Je vous ai demandé si c'était clair ?

— C'est clair.

— Cette horreur doit disparaître de votre cou. Vous... regardez donc dans la glace quelle allure vous avez. C'est un cirque. Je demande pour la centième fois qu'on ne jette pas ses mégots par terre. Je ne veux plus entendre un seul juron dans cet appartement ! Plus de crachats : il y a un crachoir pour cela. Le pissoir doit être utilisé avec soin. Cesser toute conversation avec Zina. Elle se plaint que vous l'attendiez dans le noir. Prenez garde ! Qui a répondu à un malade : « Il ne vaut pas les quatre fers d'un chien » ? Enfin, dans quel mastroquet vous croyez-vous ?

— Dites donc, papa, ça commence à bien faire comme engueulade, prononça soudain l'homme d'un ton pleurard.

Philippe Philippovitch rougit, ses lunettes brillèrent.

— Qui traitez-vous de papa, ici ? Qu'est-ce que c'est que ces familiarités ? Je ne veux plus entendre ce mot ! On m'appelle par mon prénom et mon patronyme.

Une expression insolente s'alluma sur les traits de l'homme.

— Mais pourquoi vous êtes toujours comme

ça?... Ne crache pas. Ne fume pas. N'y va pas...
Qu'est-ce que ça veut dire à la fin? On se croirait
dans un tramway. Vous ne me laissez pas respi-
rer! Et pour ce qui est de « papa », vous avez tort.
Je vous l'avais demandé, peut-être, de me la faire,
cette opération? aboyait l'homme avec indigna-
tion. Du joli, ça! On coince une bestiole, on lui
taillade la tête à coups de couteau, et maintenant
on la méprise. Moi, je ne l'ai peut-être même pas
autorisée, cette opération. Pas plus que (l'homme
leva les yeux au plafond comme s'il cherchait à se
rappeler une certaine formule) pas plus que la
famille de l'intéressé. J'ai peut-être même le droit
de porter plainte.

Les yeux de Philippe Philippovitch devinrent
parfaitement circulaires, son cigare s'échappa de
ses mains. « Quel ostrogoth! » traversa son esprit.

— Monsieur n'est pas content parce qu'on l'a
transformé en homme? demanda-t-il en plissant
les paupières. Monsieur préfère peut-être retourner courir les fosses à ordures? Geler sous les
portes cochères? Ah! si j'avais su...

— Mais qu'est-ce que vous avez à me les repro-
cher, mes fosses et mes ordures? Je me gagnais
moi-même mon bout de pain. Et si j'étais mort
sous votre couteau, hein? Qu'est-ce que vous avez
à récriminer à ça, camarade?

— « Philippe Philippovitch! » cria Philippe Philippovitch avec irritation. Je ne suis pas votre
camarade! C'est monstrueux! (« C'est un cauchemar, un cauchemar! » pensa-t-il.)

— Pour sûr, d'accord, c'est évident, commença
l'homme d'un ton ironique en avançant victorieu-
sement une jambe. On comprend ça. Comment
qu'on pourrait être votre camarade? Pas question,
quand on n'a pas fait des études dans des universi-
tés et qu'on n'a pas créché dans des appartements

de quinze pièces avec salles de bains. A ça près qu'il serait peut-être temps de changer de manières. A notre époque, chacun a le droit...

Philippe Philippovitch écoutait les considérations de l'homme en pâlissant. L'autre interrompit son discours et se dirigea de façon démonstrative vers le cendrier, une cigarette mâchonnée à la main. Il avait la démarche chaloupée. Il mit longtemps à écraser son mégot dans le réceptacle, avec une expression qui signifiait clairement « Tiens ! Tiens ! » Ayant éteint la cigarette, et tout en marchant, il claqua soudain des dents et fourra son nez sous son aisselle.

— Les puces s'attrapent avec les doigts ! Les doigts ! cria Philippe Philippovitch avec rage, et du reste je ne comprends pas d'où vous les prenez !

— Vous croyez quoi ? Que je fais un élevage ? répliqua l'homme, vexé. Apparemment elles me gobent, les puces.

Sur quoi il fouilla avec les doigts la doublure de sa manche et jeta en l'air une touffe de légère ouate brune.

Philippe Philippovitch tourna son regard vers les guirlandes du plafond et tambourina des doigts sur la table. L'homme, ayant exécuté sa puce, s'éloigna et s'assit sur une chaise. Ce faisant, il laissa ses poignets retomber et ses bras pendre le long des revers de son veston. Il contemplait ses bottines, ce qui lui procurait un vif plaisir. Philippe Philippovitch regarda en direction des lueurs violentes que lançaient leurs bouts écourtés, ferma les yeux à moitié et prononça :

— Quelle est encore cette affaire dont vous vouliez me parler ?

— Une affaire, une affaire ! C'est très simple comme affaire. Il me faudrait des papiers d'identité, Philippe Philippovitch.

Philippe Philippovitch sursauta quelque peu.

— Hum... Diable! Des papiers! En effet... Hum hum... C'est peut-être possible, je ne sais trop comment...

Sa voix était plaintive et mal assurée.

— Et puis quoi encore! répliqua l'homme avec aplomb. Comment voulez-vous que je vive sans papiers? Alors là, je m'escuse. Vous savez vous-même qu'à un homme sans papiers il est formellement interdit d'ézister. D'abord, le responsable d'immeuble...

— Que vient-il faire là?

— Comment, ce qu'il vient faire là? Il me rencontre, il me demande : « Alors, mon bon monsieur, quand vas-tu te faire enregistrer? »

— Ah! Seigneur, s'exclama Philippe Philippovitch tristement. On se rencontre, on pose des questions... J'imagine ce que vous devez leur dire. Ne vous avais-je pas interdit de traînasser dans l'escalier?

— Je ne suis tout de même pas un bagnard! s'étonna l'homme, et le sentiment de son bon droit illumina jusqu'à son rubis. Qu'est-ce que ça veut dire, « traînasser »? C'est plutôt vexant, comme vous causez. Je marche, comme tout le monde.

Sur quoi il frotta ses pieds vernis sur le parquet.

Philippe Philippovitch se tut, ses yeux regardèrent de côté. « Il faut tout de même se contenir », pensa-t-il. Allant au buffet, il but d'un seul trait un verre d'eau.

— Fort bien, dit-il plus calmement. Ce n'est pas une question de vocabulaire. Et alors, que dit-il, votre exquis responsable d'immeuble?

— Qu'est-ce que vous voulez qu'il dise...? D'ailleurs vous avez tort de le traiter d'esquis. Il défend nos intérêts.

— Les intérêts de qui, oserai-je vous demander?

— De la classe laborieuse, forcément.

Philippe Philippovitch écarquilla les yeux.

— Parce que vous êtes un laborieux, vous ?

— Et comment ! Je ne suis pas un mafieux.

— Bon, bon. Et alors de quoi a-t-il besoin pour défendre vos intérêts révolutionnaires ?

— C'est pourtant clair : de m'enregistrer. Il dit que ça ne s'est jamais vu qu'on vive à Moscou sans enregistrement. Ça, c'est une chose. Mais le principal, c'est la carte de recensement. Je ne veux pas être déserteur. Et puis le syndicat, la bourse...

— Permettez-moi de vous demander à quel titre je dois vous enregistrer ? Au titre de cette nappe ou de mon passeport ? Il faut tout de même tenir compte de la situation. N'oubliez pas que vous... euh... hum... vous... pour ainsi dire... vous êtes une créature apparue de façon imprévue, une créature de laboratoire...

Philippe Philippovitch parlait de façon de moins en moins assurée.

L'homme se taisait d'un air victorieux.

— Fort bien. Que faut-il donc, à la fin des fins, pour vous enregistrer et en général pour tout arranger conformément aux plans de votre responsable ? Vous n'avez ni nom, ni prénom, vous savez.

— Ça, c'est une remarque injustifiée. Je peux très tranquillement me choisir un nom. Je le fais paraître dans le journal et basta !

— Alors quel nom souhaitez-vous prendre ?

L'homme rectifia son nœud de cravate et répondit :

— Polygraphe Polygraphovitch.

— Ne faites pas l'imbécile, répondit Philippe Philippovitch, l'air sombre. Je vous parle sérieusement.

Un sourire sarcastique tordit la petite moustache de l'homme.

— Il y a une chose que je ne comprends pas, dit-il avec autant de gaîté que de logique. Sacrer, j'ai pas le droit. Cracher, j'ai pas le droit. Et de vous, tout ce que j'entends c'est « Idiot, crétin ». On dirait qu'il n'y a que les professeurs qui ont le droit de jurer en Réséfesser[1].

Philippe Philippovitch eut un coup de sang. En remplissant un verre, il le brisa. Il en but un autre et pensa : « Encore un peu de temps et il va m'apprendre à vivre. Il aura raison. Je suis incapable de le maîtriser. »

Il se tourna sur sa chaise, inclina sa stature avec une courtoisie exagérée et prononça, dur comme du métal :

— Veuillez m'excuser. Mes nerfs sont en dérangement. Votre nom m'a paru étrange. Il serait intéressant de savoir où vous en avez déniché un de ce genre.

— C'est le responsable qui me l'a conseillé. On a cherché dans le calendrier. Tu veux lequel, qu'il me dit ? Voilà, j'ai choisi.

— Aucun calendrier ne peut contenir rien de semblable.

— C'est assez rigolo, dit l'homme en ricanant, puisqu'il est pendu dans votre salle de soins.

Sans se lever, Philippe Philippovitch actionna le bouton du mur et Zina répondit à la sonnerie.

— Le calendrier de la salle de soins.

Une pause s'étira. Quand Zina fut revenue avec le calendrier, Philippe Philippovitch demanda :

— Où ?

— La fête est le 4 mars.

— Montrez-moi... Hum... Du diable... Dans le poêle, Zina, immédiatement.

1. RSFSR : République Soviétique Fédérative Socialiste de Russie.

Zina, écarquillant les yeux d'un air apeuré, emporta le calendrier tandis que l'homme secouait la tête d'un air de reproche.

— Puis-je connaître votre nom de famille?

— Je suis d'accord pour accepter mon nom de famille héréditaire.

— Comment? Héréditaire? Précisez.

— Bouboulov.

*

Dans le cabinet, face au bureau, se tenait le président du comité d'immeuble Schwonder avec sa veste de cuir. Le docteur Bormenthal était assis dans un fauteuil. Au reste, les joues empourprées de froid du docteur (il venait de rentrer) exprimaient autant de perplexité que celles de Philippe Philippovitch, qui était assis à côté de lui.

— Alors, qu'est-ce qu'il faut écrire? demanda-t-il avec impatience.

— Eh bien quoi, fit Schwonder, c'est pas compliqué. Ecrivez un certificat, citoyen professeur. Pour dire comme quoi le porteur est réellement Polygraphe Polygraphitch Bouboulov... ayant vu le jour, pour ainsi dire, dans votre appartement.

Bormenthal bougea dans son fauteuil avec embarras. Philippe Philippovitch remua sa moustache.

— Hum... Du diable! On ne peut vraiment rien inventer de plus bête. Il n'a pas vu le jour, il s'est... simplement... en un mot...

— Ça, c'est votre affaire, prononça calmement Schwonder avec une joie mauvaise. Le jour, pas le jour... En gros, vous faisiez une expérience, professeur, et c'est vous qui avez créé le citoyen Bouboulov.

— Rien de plus simple, aboya Bouboulov, qui se tenait près de la bibliothèque.

Il examinait sa cravate, reflétée dans l'infini de la glace.

— Je vous serais infiniment reconnaissant, gronda Philippe Philippovitch, de ne pas vous mêler à la conversation. Vous avez tort de dire « rien de plus simple » : ce n'est pas simple du tout.

— Comment voulez-vous que je ne m'en mêle pas ! marmonna Bouboulov vexé.

Schwonder le soutint aussitôt.

— Faites excuse, professeur, le citoyen Bouboulov a parfaitement raison. Il a le droit de participer à la discussion de son propre sort, d'autant plus qu'il s'agit de papiers d'identité. Les papiers, c'est ce qu'il y a de plus important au monde.

A cet instant, un carillon assourdissant pour les oreilles interrompit la conversation. Philippe Philippovitch dit « Oui... » dans le combiné, rougit et se mit à crier :

— Je vous prie de ne pas me déranger avec des vétilles. En quoi cela vous regarde-t-il ?

Et il remit violemment le combiné en place.

Le visage de Schwonder bleuit de joie.

Philippe Philippovitch s'empourpra et cria :

— En un mot, finissons-en.

Il arracha une feuille à son bloc et y griffonna quelques mots, qu'il lut ensuite à haute voix avec irritation :

— « Je certifie par les présentes »... Le diable sait ce que c'est !... Hum !... « Le porteur des présentes, homme résultant d'une expérience de laboratoire impliquant une opération du cerveau, a besoin de papiers d'identité »... Diable ! De toute manière, l'obtention de ces stupides papiers d'identité, je suis contre. « Signé "Professeur Transfigouratov" ».

— C'est tout de même drôle, professeur, fit Schwonder vexé, que vous appeliez stupides des papiers d'identité. Je ne peux pas accepter la résidence dans cet immeuble d'un locataire dépourvu de papiers, et qui n'a même pas été recensé par la milice. Supposez que nous ayons une guerre contre les rapaces impérialistes ?

— Moi, je ne vais pas aller faire la guerre où que ce soit ! jappa soudain Bouboulov, sombrement et comme s'il parlait à l'armoire.

Schwonder fut consterné, mais il se reprit rapidement et s'adressa à Bouboulov avec urbanité :

— Citoyen Bouboulov, vous vous exprimez là d'une façon parfaitement irresponsable. Il est indispensable de vous faire recenser par les forces armées.

— Je me ferai recenser, d'accord, mais pour ce qui est de faire la guerre, peau de balle ! répondit Bouboulov d'un ton désagréable en rectifiant son nœud.

C'était au tour de Schwonder de perdre la face. Transfigouratov échangea un regard furibond et plaintif avec Bormenthal : « En voilà une moralité ! » Bormenthal hocha la tête d'un air significatif.

— J'ai été grièvement blessé pendant l'opération, gémit sombrement Bouboulov. Voyez ce qu'on m'a fait !

Et il montra sa tête : une cicatrice opératoire toute fraîche lui traversait le front.

— Vous êtes un anarchiste-individualiste ? demanda Schwonder en levant haut les sourcils.

A quoi Bouboulov répondit :

— Ça me donne le droit d'être exempté.

— Bon, ça va, pour le moment ça n'a pas d'importance, répliqua Schwonder stupéfait. Le fait est que nous enverrons l'attestation du professeur à la milice et qu'on nous donnera les papiers.

— A propos, euh...

Philippe Philippovitch l'interrompit soudain, visiblement tourmenté par quelque pensée.

— Vous n'auriez pas dans l'immeuble une chambre libre ? Je suis d'accord pour l'acheter.

Des étincelles jaunâtres apparurent dans les yeux marron de Schwonder.

— Non, professeur. A mon grand regret. Et on n'en prévoit pas.

Philippe Philippovitch pressa ses lèvres l'une contre l'autre et ne dit rien. Le téléphone sonna de nouveau comme un sourd. Sans rien demander, Philippe Philippovitch arracha le combiné en silence et le lâcha, si bien qu'ayant tournoyé un peu il resta pendu à son fil bleu. Tous frémirent. « Le vieux est à bout de nerfs », pensa Bormenthal, tandis que Schwonder, les yeux en vrille, s'inclinait et sortait.

Bouboulov le suivit en faisant crisser les trépointes de ses chaussures.

Le professeur demeura seul avec Bormenthal. Après un bref silence, Philippe Philippovitch secoua légèrement la tête et prononça :

— C'est un cauchemar, parole d'honneur. Vous voyez ça ? Je vous en fais le serment, cher docteur, je suis plus épuisé au bout de ces deux semaines qu'après les quatorze dernières années. Quel drôle de numéro, je vous jure !

Au loin, un verre se brisa avec un bruit mat, puis un glapissement étouffé de femme s'éleva et s'éteignit aussitôt. Des forces infernales balayèrent les papiers peints du couloir en direction de la salle de soins, dans laquelle elles produisirent un coup de tonnerre avant de repasser aussitôt dans les airs. Des portes claquèrent, dans la cuisine résonna le cri assourdi de Daria Pétrovna. Puis Bouboulov se mit à hurler.

— Mon Dieu, qu'est-ce qu'il y a encore! cria Philippe Philippovitch en se ruant vers la porte.

— Le chat, comprit Bormenthal en se jetant à sa suite.

Ils parcoururent le couloir au galop, jusque dans le vestibule, s'y précipitèrent et tournèrent dans le couloir menant à la garde-robe et à la salle de bains. Zina sortit d'un bond de la cuisine et se cogna en plein contre Philippe Philippovitch.

— Combien de fois ai-je interdit les chats! cria Philippe Philippovitch fou de rage. Où est-il? Ivan Arnoldovitch, je vous en supplie, pour l'amour de Dieu, calmez les patients dans la salle d'attente!

— Il est dans la salle de bains, dans la salle de bains, le maudit diable, cria Zina en haletant.

Philippe Philippovitch s'abattit sur la porte de la salle de bains, qui ne céda pas.

— Ouvrez immédiatement!

En guise de réponse, dans la salle de bains fermée à clef, il y eut des bonds, des chutes de cuvettes, et la voix sauvage de Bouboulov se fit entendre derrière la porte :

— Je te buterai sur place.

L'eau résonna dans les tuyaux et se déversa. Philippe Philippovitch pesa de tout son poids sur la porte et se mit à l'arracher. Daria Pétrovna, toute en sueur, le visage tordu, parut sur le seuil de la cuisine. Puis la lucarne qui, placée en hauteur, tout près du plafond, donnait de la salle de bains dans la cuisine, fut traversée d'une fissure vermiculaire, deux éclats en tombèrent, suivis d'un chat énorme tout en anneaux tigrés, portant un ruban bleu ciel au cou et ressemblant à un sergent de ville. Il tomba droit sur la table dans un long plat qu'il brisa en deux, sauta du plat sur le sol, puis tourna sur trois pattes en brandissant la quatrième comme pour danser, et s'infiltra aussitôt dans une fente étroite qui menait à l'escalier de service. La fente s'élargit et le chat fut remplacé par la physionomie d'une vieille femme portant foulard. La jupe de la vieille, semée de pois blancs, se trouva dans la cuisine. De l'index et du pouce, la vieillarde essuya sa bouche effondrée, jeta dans la cuisine un regard de ses yeux gonflés et acérés et prononça sur un ton de curiosité :

— Oh! Seigneur Jésus!

Tout pâle, Philippe Philippovitch traversa la cuisine et, menaçant, apostropha la vieille :

— Que désirez-vous?

— J'aimerais bien voir le toutou qui cause, répondit la vieille avec obséquiosité et en se signant.

Philippe Philippovitch blêmit encore plus, approcha de la vieille à la toucher et lui chuchota d'une voix étranglée :

— Dehors! Quittez cette cuisine à l'instant!

La vieille recula vers la porte et répliqua, vexée :

— Vous y allez un peu fort, monsieur le professeur.

— Dehors, je vous dis! répéta Philippe Philippovitch, tandis que ses yeux devenaient ronds comme ceux d'une chouette.

De ses propres mains, il claqua la porte après la vieille.

— Daria Pétrovna, je vous avais pourtant priée...

— Philippe Philippovitch, répondit Daria Pétrovna désespérée, serrant ses mains nues en forme de poings, qu'est-ce que je peux y faire? Toute la journée, les gens insistent pour entrer. Comme si je n'avais pas d'autre besogne!

L'eau dans la salle de bains grondait, sourde et menaçante, mais on n'y entendait plus de voix. Le docteur Bormenthal entra.

— Ivan Arnoldovitch, je vous en conjure... hum... Combien y a-t-il de patients ?

— Onze, répondit Bormenthal.

— Renvoyez-les tous. Il n'y aura pas de consultation aujourd'hui.

Philippe Philippovitch frappa la porte de la phalange et cria :

— Veuillez sortir immédiatement ! Pourquoi vous êtes-vous enfermé ?

— Hou-hou ! répondit la voix de Bouboulov, pitoyable et morne.

— Par tous les diables !... Je ne vous entends pas. Fermez le robinet.

— Ouah ! Ouah !

— Mais fermez donc le robinet ! Qu'a-t-il fait ? Je n'y comprends rien... criait Philippe Philippovitch hors de lui.

Zina et Daria Pétrovna regardaient par la porte de la cuisine qu'elles avaient ouverte. Philippe Philippovitch fit encore une fois vibrer sous son poing celle de la salle de bains.

— Le voilà ! cria Daria Pétrovna sans sortir de la cuisine.

Philippe Philippovitch s'y précipita. Sous le plafond, par la lucarne cassée, la physionomie de Polygraphe Polygraphovitch dépassait dans la cuisine. Elle était toute contorsionnée, ses yeux pleuraient et, le long du nez, enflammée d'un sang frais, s'étirait une égratignure.

— Vous êtes devenu fou ? demanda Philippe Philippovitch. Pourquoi ne sortez-vous pas ?

Bouboulov, déjà pénétré d'angoisse et de crainte, se retourna pour répondre :

— Je me suis enfermé.

— Ouvrez la serrure. Vous n'avez jamais vu de serrure, peut-être ?

— Elle ne s'ouvre pas, la salope ! répondit Polygraphe tout effrayé.

— Seigneur! Il a mis la sécurité! s'écria Zina avec un grand geste des bras.

— Il y a un petit bouton dessus! s'époumonnait Philippe Philippovitch en essayant de faire davantage de bruit que l'eau. Pressez-le vers le bas... Vers le bas pressez-le! Vers le bas!

Bouboulov disparut, et, une minute plus tard, reparut à la fenêtre. Par l'ouverture :

— Nom d'un chien, on n'y voit rien! aboya-t-il terrorisé.

— Mais allumez donc la lampe. Il est enragé?

— C'est ce maudit greffier qui a écrabouillé la lampe, répondit Bouboulov. Et moi, le salaud, j'ai voulu l'attraper par les pattes, j'ai tourné le robinet et maintenant je ne le retrouve plus.

Tous les trois levèrent les bras au ciel et demeurèrent pétrifiés dans cette pose.

Quelque cinq minutes plus tard, Bormenthal, Zina et Daria Pétrovna se trouvaient assis côte à côte sur un tapis trempé roulé en forme de tube au pied de la porte, et ils le pressaient de leurs postérieurs contre la fente, tandis que le portier Fiodor, tenant allumé le cierge nuptial de Daria Pétrovna, grimpait à la lucarne au moyen d'une échelle de bois. Son fondement à grands carreaux gris brilla dans l'air et disparut dans l'ouverture.

A travers le rugissement de l'eau, on entendait Bouboulov crier quelque chose comme :

— Dou... gou-gou!

Retentit la voix de Fiodor :

— Philippe Philippovitch, il faut ouvrir de toute manière. Qu'elle s'en aille, l'eau, nous l'épongerons à partir de la cuisine.

— Ouvrez! cria furieusement Philippe Philippovitch.

Le trio se leva, abandonnant le tapis, la porte fut ouverte côté salle de bains, et aussitôt l'eau se déversa dans le petit couloir, s'y séparant en trois torrents qui coulaient respectivement tout droit dans la garde-robe, à droite dans la cuisine et à gauche dans le vestibule. Bondissant et clapotant, Zina claqua la porte. De l'eau jusqu'à la cheville, parut Fiodor, qui souriait, on se demande pourquoi. Il était tout mouillé : on l'aurait cru revêtu d'une toile cirée.

— J'ai eu du mal à reboucher. La pression est forte, expliqua-t-il.

— Et celui-là, où est-il ? demanda Philippe Philippovitch en levant un pied avec un juron.

— Il a peur de sortir, expliqua Fiodor en gloussant bêtement.

— Vous allez cogner, papa ? fit la voix pleurarde de Bouboulov dans la salle de bains.

— Idiot ! répliqua brièvement Philippe Philippovitch.

Zina et Daria Pétrovna, ayant retroussé leur jupe jusqu'aux genoux, les jambes nues, et Bouboulov avec le concierge, nu-pieds, le pantalon roulé, flanquaient des serpillières mouillées sur le plancher de la cuisine et les essoraient dans des seaux sales et dans l'évier. Le fourneau oublié grondait. L'eau s'en allait par la porte dans le sonore escalier de service, en plein sur la volée de marches et dégringolait jusque dans le sous-sol.

Bormenthal, haussé sur la pointe des pieds, se tenait dans une mare profonde sur le parquet du vestibule et poursuivait des négociations à travers la porte à peine entrebâillée et retenue par la chaîne.

— Il n'y aura pas de consultations aujourd'hui, le professeur est souffrant. Ayez la bonté de vous écarter de la porte, nous avons un tuyau qui a sauté...

— Mais pour la consultation, c'est quand ?

insistait une voix derrière la porte. Je n'en aurais que pour une minute...

— Impossible !

Bormenthal retomba de la pointe sur le talon.

— Le professeur est prostré et le tuyau a sauté. Demain, s'il vous plaît. Zina, ma petite ! Epongez ici, sinon le grand escalier sera inondé.

— Les serpillières n'épongent plus.

— On va tout de suite écoper avec des chopes, fit Fiodor. Tout de suite.

Les coups de sonnette retentissaient les uns après les autres, tandis que Bormenthal avait fini par se résoudre à mettre les semelles dans l'eau.

— C'est quand l'opération ? insistait la voix dont le propriétaire essayait de pénétrer par la fente.

— Le tuyau a sauté...

— Je serais passé en caoutchoucs.

Des ombres bleuâtres apparurent derrière la porte.

— Impossible. Demain, je vous prie.

— Mais j'ai rendez-vous.

— Demain. Il y a une catastrophe avec la conduite d'eau.

Fiodor rampait dans le lac aux pieds du docteur en écopant tant qu'il pouvait, tandis que Bouboulov, tout égratigné, inventa un nouveau procédé. Il roula une énorme serpillière en forme de tuyau, s'étendit à plat ventre dans l'eau, et se mit à la pousser en amont, du vestibule vers la garde-robe.

— Espèce de démon, tu as bientôt fini de la promener par tout l'appartement ! s'irritait Daria Pétrovna. Verse-la dans l'évier.

— L'évier, l'évier, répliquait Bouboulov en attrapant l'eau trouble avec ses mains. Elle pourrait inonder le grand escalier.

Du couloir sortit en grinçant un petit banc sur

lequel se tenait, faisant de l'équilibre, Philippe Philippovitch en chaussettes bleues rayées.

— Ivan Arnoldovitch, cessez donc de répondre. Allez dans votre chambre, je vous donnerai des pantoufles.

— Cela ne fait rien, Philippe Philippovitch, cela n'a aucune importance.

— Mettez des caoutchoucs.

— Mais ce n'est rien. De toute façon, j'ai déjà les pieds mouillés.

— Ah! mon Dieu! se lamentait Philippe Philippovitch.

— Quelle saleté d'animal! déclara soudain Bouboulov en arrivant accroupi, une soupière à la main.

Bormenthal claqua la porte et ne put s'empêcher d'éclater de rire. Les narines de Philippe Philippovitch se gonflèrent, ses lunettes s'enflammèrent.

— Puis-je savoir à qui vous faites allusion? demanda-t-il à Bouboulov de son haut.

— Au chat. Quel salaud, celui-là! répondit Bouboulov, furetant des yeux.

— Savez-vous, Bouboulov, répondit Philippe Philippovitch en reprenant haleine, je n'ai positivement jamais rencontré de créature plus impudente que vous.

Bormenthal gloussa.

— Vous n'êtes qu'un insolent, poursuivit Philippe Philippovitch. Comment osez-vous parler ainsi? C'est vous qui êtes la cause de tout cela et vous vous permettez encore... Ça alors!... Par tous les diables!

— Bouboulov, dites-moi, je vous prie, demanda Bormenthal, combien de temps vous allez encore faire la chasse aux chats? Vous n'avez pas honte? Enfin, c'est scandaleux! Vous êtes un sauvage!

— Comment, je suis un sauvage ? répliqua sombrement Bouboulov. Mais non, je ne suis pas un sauvage. On ne peut pas garder ça dans l'appartement. Il ne cherche qu'à chaparder. Il a bouffé la farce de Daria. Je voulais lui donner une correction.

— C'est vous qui méritez une correction ! rétorqua Philippe Philippovitch. Regardez votre physionomie dans la glace.

— Il a failli me crever un œil, répondit Bouboulov d'un ton sinistre, en touchant son œil de sa main trempée et crasseuse.

Le parquet noir d'humidité avait un peu séché, les miroirs s'étaient embrumés comme dans une salle de bains, les coups de sonnette s'étaient tus, et Philippe Philippovitch se tenait dans le vestibule en pantoufles de maroquin rouge.

— Voilà pour vous, Fiodor.

— J'ai bien l'honneur de vous remercier.

— Changez-vous tout de suite. Et puis tenez, allez donc boire un coup de vodka chez Daria Pétrovna.

— J'ai bien l'honneur de vous remercier.

Fiodor hésita et puis il dit :

— Il y a encore une chose, Philippe Philippovitch. Je m'excuse, je suis vraiment gêné. Seulement, pour le carrreau du 7... Le citoyen Bouboulov a jeté des cailloux...

— Au chat ? demanda Philippe Philippovitch, noir comme la nuit.

— Si c'était au chat ! Mais c'est au propriétaire. Qui a déjà menacé de porter plainte.

— Diable !

— Bouboulov embrassait la cuisinière, alors lui, il a voulu le chasser. Ça a fait du vilain.

— Pour l'amour du ciel, avertissez-moi immédiatement d'incidents de cet ordre. Combien faut-il ?

108

— Un rouble et demi.

Philippe Philippovitch tira trois étincelantes pièces de cinquante kopeks et les remit à Fiodor.

— Dépenser un rouble et demi pour un saligaud pareil! fit une voix sourde du côté de la porte. Lui-même, c'est un...

Philippe Philippovitch se retourna, se mordit les lèvres, repoussa Bouboulov sans un mot jusque dans la salle d'attente et l'y enferma à clef. Dedans, Bouboulov commença aussitôt à tambouriner avec les poings contre la porte.

— Silence! s'exclama Philippe Philippovitch d'une voix manifestement malade.

— Ça, pour sûr que c'est vrai, je n'ai jamais vu d'effronté pareil dans ma vie, remarqua Fiodor d'un ton pénétré.

Bormenthal apparut de nulle part.

— Philippe Philippovitch, je vous en prie, ne vous agitez pas.

L'énergique Esculape déverrouilla la porte de la salle d'attente et on l'y entendit tonner :

— Où vous croyez-vous? Au bistrot, peut-être?

— Ça, c'est bon, commenta Fiodor avec conviction. Oui, ça c'est bon. Avec une torgnole ou deux...

— Voyons, voyons, Fiodor, marmonna tristement Philippe Philippovitch.

— Ecoutez! C'est qu'on a pitié de vous, Philippe Philippovitch!

VII

— Non, non et non ! insista Bormenthal. Veuillez la mettre.

— Et puis quoi encore, qu'est-ce qu'il ne faut pas entendre, bougonna Bouboulov, mécontent.

— Je vous remercie, docteur, dit Philippe Philippovitch avec bienveillance. Je commence à en avoir assez de faire des remarques.

— De toute manière, je ne vous laisserai pas manger tant que vous ne l'aurez pas mise. Zina, reprenez la mayonnaise à Bouboulov.

— Comment ça « reprenez » ? s'inquiéta Bouboulov. Je vais la mettre tout de suite.

De la main gauche, il s'interposa entre Zina et le plat, de la droite il fourra sa serviette dans son col et se mit à ressembler au client d'un salon de coiffure.

— Et utilisez la fourchette, je vous prie, ajouta Bormenthal.

Bouboulov poussa un long soupir et se mit à capturer des morceaux d'esturgeon dans la sauce épaisse.

— Je vais prendre encore un petit coup de vodka ? déclara-t-il sur un ton interrogatif.

— Vous n'en avez pas assez bu ? s'enquit Bormenthal. Ces derniers temps, vous forcez trop sur la vodka.

— Ça vous crève le cœur ? s'informa Bouboulov avec un regard en-dessous.

— Vous dites des sottises, coupa Philippe Philippovitch d'un ton sévère, mais Bormenthal l'interrompit.

— Ne vous donnez pas la peine, Philippe Philippovitch, je m'en occupe. Bouboulov, vous racontez des sornettes, et le plus scandaleux, c'est que vous les racontez avec assurance et sans appel. Bien entendu cela ne me crève pas le cœur que vous buviez de la vodka, d'autant plus qu'elle n'est pas à moi mais à Philippe Philippovitch. Simplement, c'est mauvais pour la santé. Ça, c'est une chose. Et en plus, même sans vodka, vous vous tenez de manière incorrecte.

Bormenthal désigna le buffet tout recollé.

— Chère Zina, donnez-moi encore du poisson, prononça le professeur.

Cependant Bouboulov tendait la main vers la carafe, et, avec un regard oblique pour Bormenthal, il se versa un petit verre.

— Il faut aussi en proposer aux autres, dit Bormenthal. Dans l'ordre. D'abord à Philippe Philippovitch, puis à moi, et on finit par soi-même.

Un sourire satirique à peine perceptible effleura la bouche de Bouboulov, et il versa de la vodka dans les verres.

— Chez vous autres, il faut que tout soit comme à la parade, dit-il. La serviette – là, la cravate – ici, et « veuillez m'escuser » et « s'il vous plaît – merci », mais pour ce qui est d'être naturel, jamais de la vie. Vous vous torturez à plaisir, comme sous les tsars.

— Permettez-moi une question : comment fait-on pour être naturel ?

Bouboulov ne répondit rien à Philippe Philippovitch. Il leva son petit verre et prononça :

— Bon, eh bien, je souhaite que tout le monde...

— Et réciproquement, répondit Bormenthal non sans ironie.

Bouboulov déversa le contenu du verre dans sa glotte, fit une grimace, porta un bout de pain à son nez, le renifla et l'avala, tandis que ses yeux s'emplissaient de larmes.

— Son stage ! proféra soudain Philippe Philippovitch, avec brusquerie et l'air hypnotisé.

Bormenthal le regarda de biais avec surprise.

— Excusez-moi...

— Son stage ! répéta Philippe Philippovitch en hochant amèrement la tête. On n'y peut plus rien. Klim.

Avec un intérêt extrême, Bormenthal plongea son regard dans les yeux de Philippe Philippovitch.

— C'est votre avis, Philippe Philippovitch ?

— Ce n'est pas un avis, c'est une certitude.

— Est-ce que vraiment ?... commença Bormenthal avec un regard de côté pour Bouboulov.

L'autre fronça les sourcils, l'air méfiant.

— *Später*, dit Philippe Philippovitch à mi-voix.

— *Gut*, acquiesça l'assistant.

Zina apporta la dinde. Bormenthal versa du vin rouge à Philippe Philippovitch et en proposa à Bouboulov.

— Je n'en veux pas. Je prendrai plutôt un peu de vodka.

Son visage luisait, son front se couvrait de sueur, il était de meilleure humeur. Philippe Philippovitch, lui aussi, s'humanisa après avoir bu du vin. Ses yeux s'étaient éclaircis, il jetait des regards plus bienveillants à Bouboulov, dont la tête noire entourée d'une serviette brillait comme une mouche dans de la crème.

Bormenthal, lui, s'étant fortifié, voulut déployer son énergie.

— Alors, à quelle activité allons-nous nous livrer ce soir ? s'enquit-il auprès de Bouboulov.

L'autre cligna des yeux et répondit :

— On va aller au cirque, c'est ce qu'il y a de mieux.

— Tous les jours au cirque ! Cela me paraît un peu ennuyeux, remarqua Philippe Philippovitch avec bénignité. A votre place, j'irais au théâtre, ne fût-ce qu'une fois.

— Je n'irai pas au théâtre, déclara Bouboulov d'un ton désagréable en faisant un signe de croix sur sa bouche.

— Hoqueter à table coupe l'appétit aux autres, l'informa machinalement Bormenthal. Au reste, excusez-moi : pourquoi n'aimez-vous pas le théâtre ?

Bouboulov regarda dans son petit verre vide comme dans une longue-vue, réfléchit, et fit la moue.

— Rien que des idioties... Ils parlent, ils parlent. C'est de la contre-révolution, pas autre chose.

Philippe Philippovitch se rejeta contre son dossier gothique et éclata de rire à un tel point qu'une palissade dorée étincela dans sa bouche. Bormenthal ne fit que tourner la tête de côté et d'autre.

— Vous devriez lire quelque chose, proposa-t-il, parce que sinon, vous savez...

— Mais je ne fais que ça, lire, répondit Bouboulov et, soudain, d'un geste rapide de carnassier, il se versa un demi-verre de vodka.

— Zina, s'écria Philippe Philippovitch angoissé, enlève la vodka, mon enfant. On n'en a plus besoin. Alors que lisez-vous ?

Dans sa tête passa soudain une image : une île

114

déserte, un palmier, un homme vêtu et coiffé de peaux de bêtes. « Ça doit être *Robinson Crusoé*... »

— Ce machin, là, comment ça s'appelle, la correspondance d'Engels avec ce type, là, le salaud... Kaoutsky.

Bormenthal suspendit à mi-chemin une fourchette portant un morceau de blanc de dinde, tandis que Philippe Philippovitch répandait son vin. Bouboulov, à cet instant, descendit allègrement sa vodka.

Philippe Philippovitch posa les coudes sur la table, regarda fixement Bouboulov et l'interrogea :

— Oserai-je vous demander ce que vous pourriez me dire au sujet de ce que vous avez lu ?

Bouboulov haussa les épaules.

— Moi, je ne suis pas d'accord.

— Avec qui ? Avec Engels ou avec Kaoutsky ?

— Avec les deux, répondit Bouboulov.

— Juste ciel, c'est étonnant.

Si quiconque osait prétendre...

— Et, de votre côté, que proposeriez-vous ?

— Il n'y a rien à proposer. On écrit, on écrit... le congrès, je ne sais pas quels Allemands... On en a la tête comme ça ! Il n'y a qu'à tout prendre et à partager.

— C'est ce que je pensais, s'écria Philippe Philippovitch en frappant la nappe de la paume. C'est précisément ce que je supposais.

— Et vous savez comment faire ? demanda Bormenthal intrigué.

— Comment faire ? Ce n'est pas compliqué, expliqua Bouboulov que la vodka avait rendu bavard. Sinon quoi ! Il y en a un qui s'étale dans sept pièces et qui a quarante pantalons, et un autre qui traîne dans les boîtes à ordures en cherchant à se nourrir.

— Pour les sept pièces, c'est à moi, bien sûr, que vous faites allusion? demanda Philippe Philippovitch en plissant les paupières d'un air supérieur.

Bouboulov se recroquevilla et resta coi.

— Fort bien, pourquoi pas, je ne suis pas opposé au partage. Docteur, combien de personnes avez-vous renvoyées hier?

— Trente-neuf, répondit aussitôt Bormenthal.

— Hum... 390 roubles. Bon, il y a trois hommes responsables. Nous n'allons pas compter les dames, Zina et Daria Pétrovna. Bouboulov, vous devez 130 roubles. Veuillez me les verser.

— En voilà une histoire, répondit Bouboulov affolé. C'est pourquoi?

— Pour le robinet et pour le chat, rugit soudain Philippe Philippovitch, renonçant à jouer l'ironie flegmatique.

— Philippe Philippovitch! s'écria Bormenthal, inquiet.

— Attendez. C'est pour le gâchis que vous avez commis et qui a rendu la consultation impossible. Enfin, c'est intolérable! Une espèce de primitif qui gambade par l'appartement, qui arrache les robinets. Qui a tué la chatte de Mme Polasoukher, hein? Qui..

— Avant-hier, Bouboulov, vous avez mordu une dame dans l'escalier, en rajouta Bormenthal.

— Vous vous tenez... rugissait Philippe Philippovitch.

— Mais elle m'avait flanqué une baffe sur le museau, glapit Bouboulov. Il n'est pas dans le domaine public, mon museau!

— Parce que vous lui aviez pincé les seins, cria Bormenthal en renversant sa coupe. Vous vous tenez...

— Vous vous tenez sur l'échelon inférieur de

l'évolution, cria Philippe Philippovitch encore plus fort. Vous n'êtes encore qu'un être en voie de formation, intellectuellement démuni, tous vos actes sont purement bestiaux, et, en présence de deux personnes dotées d'une éducation supérieure, vous vous permettez, avec une effronterie totalement insupportable, de formuler je ne sais quels avis à l'échelle cosmique et d'une stupidité tout aussi cosmique sur le partage universel, alors qu'au même moment vous vous êtes gavé de poudre dentifrice...

— Avant-hier, confirma Bormenthal.

— Et voilà! tonnait Philippe Philippovitch. Mettez-vous bien dans le crâne – à propos pourquoi en avez-vous enlevé l'oxyde de zinc? – que vous devez vous taire et écouter ce qu'on vous dit pour apprendre à devenir un membre, si peu acceptable que ce soit, de la société socialiste. A propos, quel est le vaurien qui vous a procuré ce livre?

— D'après vous, tout le monde est un vaurien, répondit Bouboulov d'un ton de frayeur, assourdi qu'il était par cette attaque sur deux fronts.

— Je devine! s'écria Philippe Philippovitch en rougissant de colère.

— Eh ben quoi? Eh ben, c'est Schwonder qui me l'a donné. Ce n'est pas un vaurien. C'est pour que je me cultive...

— Je vois quel bien fait Kaoutsky à votre culture, piailla Philippe Philippovitch, devenant tout jaune.

Alors il appuya férocement sur le bouton dans le mur.

— L'incident d'aujourd'hui le démontre on ne peut mieux. Zina!

— Zina! criait Bormenthal.

— Zina! hurlait Bouboulov terrorisé.

Zina accourut, blême.

— Zina, dans la salle d'attente... Il est dans la salle d'attente ?

— Dans la salle d'attente, répondit Bouboulov avec soumission. Vert, comme du vert-de-gris.

— Un livre vert...

— Vous n'allez pas le brûler ! cria Bouboulov désespéré. C'est un livre d'emprunt ! Il appartient à la bibliothèque !

— Il s'appelle la correspondance de l'autre, là, Engels, avec un salopard... Au feu !

Zina s'envola.

— Ce Schwonder, moi, parole d'honneur, je le pendrais à la première branche venue ! s'exclama Philippe Philippovitch, en se jetant farouchement sur l'aile de la dinde. Cette invraisemblable canaille est là dans cette maison, comme un abcès. Il ne lui suffit pas d'écrire des pamphlets absurdes dans les gazettes...

Bouboulov regarda le professeur en biais, d'un air méchant et ironique. Philippe Philippovitch, à son tour, lui décocha un regard oblique et se tut.

« Hélas, je crains qu'il n'arrive du mauvais chez nous », pensa soudain Bormenthal, prophétiquement.

Zina apporta, sur un plat rond, un baba, roux du côté droit et rougeoyant du côté gauche, et la cafetière.

— Je n'en mangerai pas, déclara aussitôt Bouboulov, d'un ton désagréable et menaçant.

— Personne ne vous en propose. Tenez-vous correctement. Docteur, je vous en prie.

Le dîner s'acheva en silence.

Bouboulov tira de sa poche une cigarette fripée et se mit à tirer dessus. Ayant pris son café, Philippe Philippovitch regarda sa montre, appuya sur le mécanisme à répétition et entendit les doux accents de huit heures et quart. Il se rejeta, comme à l'accoutumée, contre le dossier gothique et tendit la main vers le journal posé sur une petite table.

— Docteur, je vous en supplie, allez au cirque avec lui. Mais, pour l'amour de Dieu, vérifiez dans le programme qu'il n'y a pas de chats.

— Cette racaille-là, ça a le droit d'aller au cirque ? remarqua sombrement Bouboulov en secouant la tête.

— Il y a toute sorte de personnes qui ont le droit d'y aller, fut la réponse, à double entente, de Philippe Philippovitch.

Bormenthal se mit à lire.

— Chez Solomonsky, il y a quatre je ne sais quels Ioussems, et « un homme au point mort ».

— Qu'est-ce que c'est que Ioussems ? s'enquit Philippe Philippovitch, soupçonneux.

— Mystère. C'est la première fois que je trouve ce nom.

— Bon, alors regardez plutôt chez les Nikitine. Il est indispensable que tout soit clair.

— Chez les Nikitine... Chez les Nikitine... Hum... Des éléphants et l'adresse humaine poussée à son maximum.

— Fort bien. Quelle est votre opinion sur les éléphants, cher Bouboulov ? demanda Philippe Philippovitch à Bouboulov avec méfiance.

L'autre se vexa.

— Je ne comprends rien à rien, ou quoi ? Un chat, c'est un chat. Les éléphants sont des animaux utiles.

— Eh bien, c'est parfait. Puisqu'ils sont utiles, allez donc les voir. Il faudra obéir à Ivan Arnoldovitch. Et ne vous lancer dans aucune conversation au buffet ! Ivan Arnoldovitch, je vous supplie de ne pas proposer de bière à Bouboulov.

Dix minutes plus tard, Ivan Arnoldovitch et Bouboulov, revêtu d'une casquette à bec de canard et d'un pardessus de drap au col relevé, partirent pour le cirque. L'appartement devint calme. Philippe Philippovitch se retrouva dans son cabinet de travail. Il alluma une lampe sous un lourd abat-jour vert, ce qui instaura une paix extrême dans l'immense cabinet, et se mit à arpenter la pièce. Longtemps, le bout de son cigare brilla d'un feu brûlant et vert pâle. Le professeur avait logé ses mains dans les poches de son pantalon, tandis qu'une pénible méditation tourmentait son front savant, dégarni sur les tempes. Il clappait des lèvres, il fredonnait entre ses dents « Jusqu'aux bords sacrés du Nil... » et marmottait quelque chose. Enfin, il déposa le cigare dans le cendrier, s'approcha d'une armoire entièrement vitrée et éclaira tout le cabinet au moyen de trois puissants luminaires au plafond. Dans l'armoire, sur la troisième étagère de verre, Philippe Philippovitch prit un bocal étroit et, le sourcil froncé, se mit à l'examiner à la lueur des luminaires. Dans le liquide transparent et visqueux, flottait, sans retomber au fond, la petite pelote blanchâtre soustraite aux profondeurs de la cervelle de Bouboul. Haussant les épaules, tordant ses lèvres et poussant des hum hum, Philippe Philippovitch dévorait des yeux cette pelote blanche insubmersible, comme s'il voulait y discerner la raison des événements stupéfiants qui avaient mis la vie sens dessus dessous dans l'appartement de la Prétchistenka.

Il est fort possible que l'érudit ait réussi à la discerner. En tout cas, ayant observé tout son saoul l'appendice cervical, il rangea le bocal dans l'armoire qu'il ferma à clef, mit la clef dans sa poche de gilet et s'effondra lui-même sur le cuir du divan, la tête rentrée dans les épaules et les mains plongées au fond des poches de la veste. Il grilla longuement un deuxième cigare, dont il déchiqueta le bout à force de le mordiller et enfin, dans cette solitude absolue et cette lumière verte, tel un Faust chenu, il s'écria :

— Par le ciel, je crois que je vais m'y résoudre.

Personne ne lui répondit rien. Tout bruit avait cessé dans l'appartement. On sait bien que, à onze heures, toute circulation cesse dans la ruelle Oboukhov. A de très longs intervalles on entendait les pas éloignés d'un piéton attardé trottiner quelque part au-delà des stores et s'assourdir. Dans le cabinet de travail, sous les doigts de Philippe Philippovitch, au fond du gousset, la montre à répétition faisait entendre sa douce sonnerie... Le professeur attendait avec impatience que le docteur Bormenthal et Bouboulov revinssent du cirque.

VIII

On ignore à quoi Philippe Philippovitch s'était résolu. Dans le courant de la semaine suivante, il n'entreprit rien d'inaccoutumé, et peut-être fut-ce suite à son inaction que la vie de l'appartement fut riche en événements.

Quelque six jours après l'affaire de l'eau et du chat, le jeune homme qui s'était révélé être une femme se présenta à Bouboulov de la part du comité d'immeuble et lui remit une pièce d'identité que Bouboulov empocha immédiatement, après quoi il appela aussitôt le docteur Bormenthal.

— Bormenthal !

— Ah ! non, je vous prie de m'appeler par mon prénom-patronyme, répliqua Bormenthal en changeant de visage.

Il faut remarquer que, pendant ces six jours, le chirurgien avait réussi à se disputer huit fois avec son pupille et que l'atmosphère dans l'appartement de la ruelle Oboukhov était pesante.

— Alors vous aussi appelez-moi par mon prénom-patronyme ! répliqua Bouboulov, et il avait parfaitement raison.

— Non ! tonna Philippe Philippovitch à la porte. Je ne permettrai pas que vous soyez appelé par ce prénom-patronyme-là chez moi. Si vous le désirez, pour éviter la familiarité de « Bouboulov », le docteur Bormenthal et moi-même, nous vous appellerons « monsieur Bouboulov ».

— Je ne suis pas un monsieur. Tous les bourges sont à Paris ! répliqua Bouboulov dans un aboiement.

— Et voilà le travail de Schwonder ! criait Philippe Philippovitch. Très bien, je tiendrai compte aussi de ce vaurien. Il n'y aura personne que des messieurs dans mon appartement, tant que je m'y trouverai ! Dans le cas contraire, vous ou moi nous le quitterons, et, selon toute probabilité, ce sera vous. Je mettrai une annonce dans les journaux dès aujourd'hui et, croyez-moi, je vous trouverai une chambre.

— Oui, eh bien, moi, je ne suis pas assez bête pour déménager, répondit très fermement Bouboulov.

— Comment ? demanda Philippe Philippovitch en changeant de visage à un tel point que Bormenthal se précipita vers lui et le saisit par la manche avec tendresse et anxiété.

— Pas d'insolences, môssieu Bouboulov, je vous le conseille ! fit Bormenthal en haussant considérablement la voix.

Bouboulov recula, tira de sa poche trois bouts de papier, un vert, un jaune et un blanc, et les montrant des doigts avec insistance, s'exprima :

— Voilà. Membre de la société d'habitation, avec surface réservée de 15 mètres carrés précisément dans l'appartement numéro 5 chez le locataire responsable Transfigouratov...

Après réflexion, Bouboulov ajouta une expression qu'il prononçait pour la première fois, comme le nota machinalement Bormenthal dans sa tête :

— Veuillez prendre connaissance.

Philippe Philippovitch se mordant la lèvre, proféra imprudemment :

— Je jure que je finirai par abattre ce Schwonder.

Bouboulov prêta une attention extrême et pénétrée à ces paroles, comme on le vit dans ses yeux.

— Philippe Philippovitch, *vorsichtig...*, commença Bormenthal pour le mettre en garde.

— Non, alors là, vous savez, une ignominie pareille ! cria Philippe Philippovitch en russe. N'oubliez pas, Bouboulov, c'est-à-dire monsieur, que si vous vous permettez encore une impertinence, je vous priverai du dîner et, en général, de toute alimentation chez moi. Quinze mètres carrés, c'est parfait, mais votre papier couleur de grenouille ne m'oblige pas à vous nourrir !

Bouboulov, prenant peur, en resta bouche bée.

— Je ne peux pas rester sans mangeaille, moi. Où c'est que je vais grailler ?

— Alors conduisez-vous correctement ! déclarèrent les deux esculapes d'une seule voix.

Bouboulov se le tint pour dit et, ce jour-là, ne causa plus aucun tort à personne sinon à lui-même : il s'empara du rasoir de Bormenthal momentanément absent et se déchira la pommette au point que Philippe Philippovitch et le docteur Bormenthal lui firent des points de suture, ce qui le fit longtemps hurler en s'inondant de larmes.

Le soir qui suivit, deux hommes avaient pris place dans la pénombre verte du cabinet professoral : Philippe Philippovitch lui-même et le fidèle, le dévoué Bormenthal. Les autres dormaient. Philippe Philippovitch portait sa robe de chambre d'azur et ses pantoufles rouges ; Bormenthal avait sa chemise et ses bretelles bleues. Entre les médecins, sur la table ronde, près d'un album joufflu, se trouvaient une bouteille de cognac, une soucoupe avec du citron et une boîte à cigares. Les savants, ayant rempli la pièce de fumée, discutaient avec chaleur le dernier incident : dans le cabinet de Philippe Philippovitch, Bouboulov s'était approprié, ce soir-là, deux billets de dix roubles posés sous le presse-papier, il avait disparu de l'appartement et il était rentré tard, complètement saoul. Il y avait plus. Avec lui étaient arrivés deux inconnus, qui avaient fait du vacarme dans le grand escalier et avaient déclaré leur volonté de passer la nuit chez Bouboulov. Lesdits inconnus ne s'étaient retirés que lorsque Fiodor, qui avait assisté à la scène dans un manteau de demi-saison enfilé par-dessus son linge, eut téléphoné au 45e commissariat de la milice. Les individus disparurent instantanément, dès que Fiodor eut raccroché. Après le départ des individus, on ne retrouva plus le cendrier de malachite qui ornait le bas du miroir dans le vestibule, la toque de castor de Philippe Philippovitch et sa canne sur laquelle on lisait en caractères d'or *A notre cher et vénéré Philippe Philippovitch, ses internes reconnaissants au dixième jour* , avec le chiffre romain X.

— Qu'est-ce que c'est que ces gens ? demandait Philippe Philippovitch à Bouboulov.

Il avançait sur lui en serrant les poings.

L'autre, chancelant et se collant contre les pelisses, marmonnait que ces individus, qu'il ne connaissait pas autrement, n'étaient pas des fils de chienne, mais des gens bien...

— Le plus surprenant, c'est qu'ils sont ivres tous les deux... Comment se sont-ils débrouillés ? s'étonnait Philippe Philippovitch en regardant le porte-parapluie où naguère se trouvait le souvenir de la célébration.

— C'est leur métier, expliqua Fiodor en allant dormir avec un rouble en poche.

Concernant les deux billets de banque, Bouboulov nia catégoriquement tout en balbutiant qu'après tout il n'était pas seul dans l'appartement.

— Ah! ce serait donc le docteur Bormenthal qui aurait empaumé les billets? s'enquit Philippe Philippovitch d'une voix basse, mais terrible par l'expression.

Bouboulov chancela, ouvrit des yeux parfaitement troubles et émit une supposition :

— C'est peut-être bien la Zinette qui les a fauchés.

— Comment? cria Zina en apparaissant dans la porte comme un fantôme et en refermant de la paume la camisole entrouverte sur son sein. Mais est-ce qu'il...?

Le cou de Philippe Philippovitch se teignit de rouge.

— Du calme, ma petite Zina, prononça-t-il en étendant la main vers elle. Ne t'inquiète pas, nous allons arranger tout cela.

Zina se mit aussitôt à vagir, la bouche ouverte, tandis que sa main palpitait sur sa clavicule.

— Zina, vous n'avez pas honte? Qui pourrait penser? Fi, quel scandale! bredouilla Bormenthal éperdu.

— Ecoute, Zina, tu es une idiote, que Dieu me pardonne, commença Philippe Philippovitch.

Mais, à ce moment, les pleurs de Zina cessèrent d'eux-mêmes et tous se turent. Bouboulov avait mal au cœur. Ayant frappé sa tête contre le mur, il émit un son : ce n'était ni ho ni hi, mais plutôt hé. Son visage blêmit et sa mâchoire remua convulsivement.

— Qu'on lui donne le seau de la salle de soins, à ce vaurien!

Et tous de courir de côté et d'autre pour soigner Bouboulov incommodé. Pendant qu'on l'emmenait coucher, vacillant dans les bras de Bormenthal, il ne cessait de proférer non sans mal des jurons orduriers, sur un ton attendri et mélodieux.

Toute cette histoire avait eu lieu vers une heure du matin et il était trois heures maintenant, mais les deux occupants du cabinet, remontés par le cognac au citron, continuaient à veiller. Ils avaient tant pétuné que la fumée se déplaçait par couches épaisses et lentes, sans même trembloter.

Le docteur Bormenthal, pâle, le regard très résolu, leva son verre à la taille de guêpe.

— Philippe Philippovitch, s'écria-t-il tout ému, je n'oublierai jamais que je me suis présenté à vous, moi, étudiant mourant à moitié de faim, et que vous m'avez trouvé un refuge à l'ombre de votre chaire. Croyez-moi, Philippe Philippovitch, pour moi, vous êtes bien plus que mon professeur et mon maître... Mon respect pour vous ne connaît pas de bornes... Cher Philippe Philippovitch, permettez-moi de vous embrasser.

— Oui, mon enfant, mugit Philippe Philippovitch désemparé, et il se leva à la rencontre de Bormenthal qui l'enlaça et baisa sa moustache duveteuse fortement imprégnée de tabac.

— Je vous le jure, Philippe Philippo...

— Vous m'avez bouleversé, bouleversé... Je vous remercie, disait Philippe Philippovitch. Mon enfant, il m'arrive de vous invectiver pendant les opérations. Pardonnez les emportements d'un vieillard. Dans le fond, je suis solitaire...

— *De Séville jusqu'à Grenade...*

— Philippe Philippovitch, vous n'avez pas honte ? s'écria avec sincérité le fougueux Bormenthal. Si vous ne voulez pas m'offenser, ne me parlez plus de la sorte...

— Eh bien, merci...

Jusqu'aux bords sacrés du Nil...

— Merci... Moi aussi, je vous aime pour vos talents médicaux.

— Philippe Philippovitch, je vous affirme que..., cria Bormenthal avec passion, en sautant de sa place pour aller fermer avec soin la porte donnant sur le couloir.

Il revint et poursuivit dans un susurrement :

— C'est la seule issue, voyons. Bien sûr, je ne me permettrai pas de vous donner de conseils, mais, Philippe Philippovitch, regardez-vous vous-même, vous êtes complètement harassé : dans cette situation il est impossible de continuer à travailler.

— Absolument impossible, reconnut Philippe Philippovitch avec un soupir.

— Eh bien voilà, c'est inconcevable, chuchotait Bormenthal. La dernière fois, vous disiez que vous aviez peur pour moi, et si vous saviez, cher professeur, à quel point vous m'avez touché en me le disant ! Mais enfin, je ne suis pas un petit garçon et je conçois moi-même combien le résultat peut être horrible. Cependant je suis profondément convaincu qu'il n'y a pas d'autre moyen.

Philippe Philippovitch se leva, agita les bras et s'écria :

— Non, n'essayez pas de me tenter, et même cessez de m'en parler.

Le professeur se mit à marcher par la pièce, si bien que les vagues de fumée oscillèrent.

— Je ne veux pas vous écouter. Vous comprenez ce qui arrivera si nous nous faisons prendre. Il y a des gens qui s'en tirent, « au vu de leur origine sociale », même s'ils ont un casier judiciaire, mais cela ne nous arrivera pas, ni à vous ni à moi. Vous n'avez pas la bonne origine sociale, mon cher, n'est-ce pas ?

— Diable, non. Mon père était juge d'instruction à Vilno, répondit Bormenthal en finissant son cognac.

— Eh bien voilà. A votre service. Mauvaise hérédité, quoi. On ne peut rien imaginer de plus honteux. Au reste, je vous demande pardon, moi c'est encore pire. Père : archiprêtre dans une cathédrale. *Thank you.*

> *— De Séville jusqu'à Grenade*
> *Dans la nuit sous les balcons...*

Une hérédité de tous les diables.

— Philippe Philippovitch, vous êtes une sommité mondiale, et à cause de je ne sais quel fils de chienne, pardonnez mon vocabulaire... Comment oseraient-ils vous toucher, voyons ?

— Raison de plus pour ne pas le faire, répliqua Philippe Philippovitch d'un air pensif en s'arrêtant pour regarder l'armoire vitrée.

— Mais pourquoi donc ?

— Parce que vous, vous n'êtes pas une sommité mondiale.

— C'est le moins qu'on puisse dire.

— Eh bien voilà. Abandonner un collègue en cas de catastrophe et m'en tirer sous prétexte de célébrité mondiale ? Excusez-moi. Je suis un étudiant de l'université de Moscou et pas un Bouboulov.

Philippe Philippovitch releva les épaules d'un air fier et se mit à ressembler à un roi de France des temps anciens.

— Ah! Philippe Philippovitch s'écria Bormenthal dans l'affliction. Alors quoi? Maintenant vous allez attendre d'avoir réussi à transformer en homme ce voyou?

Philippe Philippovitch l'arrêta d'un geste de la main, se versa du cognac, but une gorgée, suçota son citron et prononça :

— Ivan Arnoldovitch, d'après vous, est-ce que je possède quelques notions de l'anatomie et de la physiologie de... l'appareil cérébral humain, par exemple?

— Philippe Philippovitch, quelle question! répondit Bormenthal avec une grande émotion et en écartant les bras.

— Fort bien. Pas de fausse modestie. Je pense aussi n'être pas le dernier des derniers à Moscou.

— Et moi je pense que vous êtes le premier, pas à Moscou seulement, mais aussi à Londres et à Oxford, interrompit Bormenthal farouchement.

— Très bien, admettons. Or donc, voici, futur professeur Bormenthal : personne ne peut réussir cette opération. C'est certain. Pas la peine de s'interroger. Vous n'avez qu'à me citer. Dites : c'est l'opinion de Transfigouratov. *Finita*, Klim! s'écria soudain Philippe Philippovitch d'un ton solennel et l'armoire résonna pour lui répondre. Klim, répéta-t-il. Ecoutez, Bormenthal, vous êtes le meilleur élève de mon école et en outre mon ami, comme je l'ai constaté aujourd'hui. Alors voici : à vous, comme à un ami, je vais confier un secret, sachant que vous n'allez pas me déshonorer. Ce vieil âne bâté de Transfigouratov a raté cette opération comme un étudiant de troisième année. C'est vrai qu'une découverte a été faite, vous savez laquelle.

Ici, d'un air attristé, Philippe Philippovitch désigna des deux mains le store de la fenêtre, sans doute pour faire allusion à Moscou.

— Mais simplement, tenez compte, Ivan Arnoldovitch, que le seul résultat de cette découverte,
c'est que, notre Bouboulov, nous allons en avoir
jusque-là – Transfigouratov tapota son cou rigide
et enclin à la paralysie –, soyez-en assuré. Si quiconque, poursuivit voluptueusement Philippe Philippovitch, me couchait là et me flanquait une
raclée, je jure que je lui payerais bien cinquante
roubles.

De Séville jusqu'à Grenade...

Que le diable m'emporte... Cela faisait cinq
années que j'étais là, à extirper les hypophyses des
cerveaux... Vous savez quel travail j'ai fait, c'est
inconcevable pour l'intelligence. Et voilà que,
maintenant, la question se pose : à quoi bon ?
Pour transformer un beau jour le plus adorable
des chiens en une ordure à vous faire dresser les
cheveux sur la tête.

— C'est quelque chose d'extraordinaire.

— Entièrement d'accord avec vous. Voilà, docteur, ce qui arrive lorsque le chercheur, au lieu de
suivre à tâtons un chemin parallèle à celui de la
nature, viole la question et soulève le rideau :
tiens, le voilà, ton Bouboulov, et bon appétit !

— Philippe Philippovitch, mais si c'était le cerveau de Spinoza ?

— Oui ! jappa Philippe Philippovitch. Oui ! A
condition que le chien n'ait pas la malchance de
crever sous mon bistouri. Or, vous avez vu de quel
genre d'opération il s'agissait. En un mot, moi,
Philippe Transfigouratov, je n'ai jamais rien
accompli de plus difficile de ma vie. Il est possible
de greffer l'hypophyse de Spinoza ou de quelque
autre farceur du même style et de concocter à partir d'un chien un être supérieur. Mais pourquoi

diable ? Voilà la question. Expliquez-moi, je vous prie, pourquoi l'on devrait fabriquer artificiellement des Spinoza alors que n'importe quelle bonne femme peut en produire un n'importe quand. Après tout, la dame Lomonossov n'a-t-elle pas accouché de son illustre rejeton à Kholmogory ? Docteur, l'humanité s'en occupe elle-même, et du fait de l'évolution, produit obstinément chaque année, sur fond de toutes sortes d'ordures, des dizaines de génies transcendants, qui seront les ornements de la planète. Maintenant vous comprenez, docteur, pourquoi j'ai dénigré vos conclusions au sujet de l'histoire de la maladie de Bouboulov. Ma découverte, que vous admirez tant, ne vaut pas un sou... Pas d'objections, Ivan Arnoldovitch, j'ai déjà compris. Je ne parle jamais en l'air, vous le savez parfaitement. D'un point de vue théorique, c'est intéressant. Bon, d'accord. Les physiologistes seront fous de joie. Moscou se déchaîne... Bon, mais pratiquement, quoi ? Qui se tient devant vous ?

Transfigouratov désigna du doigt la direction de la salle de soins où reposait Bouboulov.

— Un extraordinaire coquin.

— Mais qui est-ce ? Klim ! Klim ! cria le professeur. Klim Tchougounov[1] ! (Bormenthal ouvrit la bouche.) Voyez la chose. Deux fois jugé, alcoolique, « tout partager », une toque et vingt roubles disparus (en se rappelant la canne reçue en cadeau Philippe Philippovitch s'empourpra), un goujat, un cochon... Je la retrouverai, cette canne. En un mot, l'hypophyse détermine à huis clos une personnalité humaine donnée. Donnée !

— *De Séville jusqu'à Grenade...*

1. *Sic*, contrairement à Tchougounkine, page 85.

hurlait Philippe Philippovitch en tournoyant férocement des yeux. Donnée et non pas simplement
humaine. C'est le cerveau lui-même en miniature.
Or, je n'en ai aucun besoin, qu'il aille à tous les
diables. C'est tout autre chose dont je m'inquié-
tais : l'eugénisme, l'amélioration de la race
humaine. Et voilà que, sur le rajeunissement, je
me suis étalé. Vous ne vous imaginez pas que je
fais ça pour de l'argent ? Je suis un savant avant
tout.

— Vous êtes un grand savant, oui ! prononça
Bormenthal en déglutissant du cognac.

Ses yeux s'étaient injectés de sang.

— Je voulais faire une petite expérience après
avoir tiré pour la première fois, il y a deux ans, un
extrait d'hormone sexuelle de l'hypophyse. Au lieu
de quoi, qu'est-ce qui arrive ? Ah ! mon Dieu ! Dans
l'hypohyse, ces hormones, il y en a... Seigneur !
Docteur, je ne vois plus devant moi qu'un désespoir sans borne. Je vous jure que je ne sais plus
que faire.

Soudain Bormenthal retroussa ses manches et
prononça, les yeux louchant vers le nez :

— Dans ce cas, mon maître bien-aimé, si vous
ne voulez pas le faire vous-même, je prendrai,
moi, le risque de le traiter à la mort aux rats.
Qu'importe que mon papa ait été juge d'instruction ? A la fin des fins, ce n'est rien d'autre qu'une
créature expérimentale qui vous appartient.

Philippe Philippovitch s'éteignit, se ramollit,
s'effondra dans son fauteuil et dit :

— Non, mon cher garçon, je ne vous en donnerai pas la permission. J'ai soixante ans, je peux
vous donner des conseils. Ne commettez jamais
de crime contre quiconque. Atteignez le grand âge
sans vous être sali les mains.

— Permettez, Philippe Philippovitch. Si en

outre ce Schwonder le travaille au corps, comment finira-t-il?! Mon Dieu, je commence à peine à comprendre ce que ce Bouboulov peut devenir!

— Ah! vous avez fini par comprendre tout de même. Moi, j'ai compris dix jours après l'opération. Conclusion : ce Schwonder est le plus bête de tous. Lui ne comprend pas que Bouboulov représente pour lui un plus grand danger que pour moi. Pour l'instant, il essaye par tous les moyens de le monter contre moi, sans se rendre compte que si quelqu'un, à son tour, monte Bouboulov contre Schwonder, il ne restera pas plus de Schwonder que de beurre en broche.

— J'imagine! Rien que sa façon de traiter les chats! Un homme avec un cœur de chien.

— Oh! non, non, répondit Philippe Philippovitch avec lenteur. Docteur, vous commettez une très grave erreur. Pour l'amour de Dieu, ne calomniez pas les chiens. Les chats, c'est temporaire... C'est une question de discipline et de deux ou trois semaines. Je vous assure. Donnez-lui environ un mois et il cessera de les attaquer.

— Et pourquoi pas maintenant?

— Ivan Arnoldovitch, c'est élémentaire... Comment pouvez-vous me poser une question pareille? Son hypophyse n'est pas suspendue en l'air, voyons! Elle est tout de même greffée sur un cerveau de chien, donnez-lui le temps de s'acclimater. En ce moment, Bouboulov ne manifeste plus que ce qui lui reste de canin. Comprenez donc que les chats, c'est encore ce qu'il fait de mieux. Concevez que l'horreur consiste en ceci qu'il n'a plus un cœur de chien mais d'homme, et le plus répugnant de tous ceux qui existent dans la nature!

Remonté jusqu'au dernier cran, Bormenthal serra ses mains maigres et fortes en forme de poings, haussa les épaules et prononça avec fermeté :

— C'est décidé. Je le tuerai !

— Je l'interdis ! répondit catégoriquement Philippe Philippovitch.

— Mais permett...

Soudain sur ses gardes, Philippe Philippovitch leva le doigt :

— Attendez... J'ai cru entendre des pas.

Tous deux tendirent l'oreille, mais le couloir restait silencieux.

— J'ai dû me tromper, dit Philippe Philippovitch, et il se mit à parler en allemand avec chaleur.

Les mots russes « matière criminelle » revinrent plusieurs fois dans ses propos.

— Un instant, dit Bormenthal brusquement vigilant.

Il se dirigea vers la porte. On entendait distinctement des pas approchant du cabinet. En outre, des marmonnements. Bormenthal ouvrit la porte brusquement et, stupéfait, fit un bond en arrière. Absolument consterné, Philippe Philippovitch demeura pétrifié dans son fauteuil.

Dans le rectangle éclairé donnant sur le couloir apparut Daria Pétrovna, en chemise de nuit, le visage enflammé et furibond. Le médecin et le professeur furent tous les deux éblouis par la masse de ce corps vigoureux qui, dans leur frayeur, leur parut complètement dénudé. De ces mains puissantes, Daria Pétrovna traînait quelque chose et cette chose résistait, s'asseyait le derrière par terre et embrouillait sur le parquet ses courtes jambes couvertes d'un duvet noir. La chose, naturellement, se révéla être Bouboulov, complètement hagard, toujours un peu saoul, échevelé et ne portant qu'une chemise.

Daria Pétrovna, grandiose et nue, secoua Bouboulov comme un sac de pommes de terre et prononça le discours suivant :

— Admirez, monsieur le professeur, notre visiteur Télégraphe Télégraphovitch. Moi, j'ai été
mariée, tandis que Zina est une innocente jeune
fille. Encore heureux que je me sois réveillée.

Ayant terminé cette allocution, Daria Pétrovna
fut prise de vergogne, poussa un cri, se couvrit la
poitrine avec les mains et s'enfuit.

— Daria Pétrovna, pardonnez-moi pour
l'amour de Dieu, cria à sa suite Philippe Philippovitch, tout rouge et revenant à lui.

Bormenthal retroussa ses manches au plus haut
et marcha sur Bouboulov. Philippe Philippovitch
le regarda dans les yeux et frémit.

— Non, non, docteur ! J'interdis...

De la main droite, Bormenthal saisit Bouboulov
par le col et le secoua si bien que l'étoffe de sa chemise se déchira par devant.

Philippe Philippovitch courut à la rescousse et
se mit à arracher le malingre Bouboulov des
mains crochues du chirurgien.

— Vous n'avez pas le droit de cogner ! criait
Bouboulov à moitié étranglé, s'asseyant par terre
et dessoûlant.

Bormenthal reprit quelque peu ses esprits et
lâcha Bouboulov, sur quoi l'autre se mit aussitôt à
pleurnicher.

— D'accord, siffla Bormenthal. Attendons le
matin. Je lui ferai sa fête quand il ne sera plus
ivre.

Il releva Bouboulov par les aisselles et le traîna
jusqu'à la salle d'attente pour qu'il y dormît.

Bouboulov essaya de résister, mais ses jambes
ne lui obéissaient pas.

Philippe Philippovitch écarta les jambes, si bien

que ses basques d'azur se divisèrent, il leva les
yeux et les bras vers le plafonnier du corridor et
prononça :
— Eh bien ça alors!...

IX

La fête que le docteur Bormenthal avait pro-
mise à Bouboulov n'eut pas lieu le lendemain
matin parce que Polygraphe Polygraphovitch
avait quitté la maison. Bormenthal sombra dans
la rage et le désespoir, se traita d'âne parce qu'il
n'avait pas caché la clef de la grande porte, cria
que c'était impardonnable et finit par émettre le
souhait que Bouboulov passât sous un autobus.
Philippe Philippovitch était assis dans son cabinet, les doigts plongés dans les cheveux et disait :
— J'imagine ce qui arrivera dans la rue...
J'imagi-i-ne...

— *De Séville jusqu'à Grenade...*

Mon Dieu !
— Peut-être est-il encore au comité
d'immeuble ! s'affolait Bormenthal en courant on
ne savait où.
Au comité, il se disputa avec le président
Schwonder, si bien que celui-ci s'installa pour
écrire une déclaration adressée au tribunal populaire de l'arrondissement de Khamovnik, en criant
qu'il n'était pas le gardien du pupille du professeur
Transfigouratov, d'autant plus que le pupille Poly-

graphe, pas plus tard qu'hier, s'était conduit comme un coquin en prenant sept roubles au comité d'immeuble, soi-disant pour acheter des manuels à la coopérative.

Fiodor, qui gagna trois roubles dans cette affaire, fouilla la maison de haut en bas. Il n'y avait de trace de Bouboulov nulle part.

Une seule chose transparut : Polygraphe était parti au lever du jour, en casquette, cache-col et pardessus, s'étant pourvu d'une bouteille de vodka à l'airelle subtilisée dans le buffet, de tous ses papiers d'identité et des gants du docteur Bormenthal. Daria Pétrovna et Zina, sans dissimulation aucune, exprimèrent une joie débordante et l'espoir que Bouboulov ne reviendrait pas. La veille, Bouboulov avait emprunté à Daria Pétrovna trois roubles et cinquante kopeks.

— Bien fait pour vous ! rugissait Philippe Philippovitch en secouant les poings.

Le téléphone sonna toute la journée, le téléphone sonna tout le lendemain. Les médecins recevaient un nombre extraordinaire de patients. Le troisième jour, dans le cabinet, il fut fortement question de la nécessité de rendre compte à la milice, pour qu'elle allât chercher Bouboulov dans les bas-fonds de Moscou.

Or, le mot « milice » venait à peine d'être prononcé que le silence religieux de la ruelle Oboukhov fut troublé par les abois d'un camion qui firent trembler les vitres de la maison. Puis retentit un coup de sonnette plein d'assurance, et Polygraphe Polygraphovitch fit son entrée avec une dignité inaccoutumée, ôta sa casquette sans prononcer un mot, pendit son pardessus au portemanteau en corne et apparut sous un nouvel aspect. Il portait une veste de cuir qui ne lui appartenait pas, un pantalon râpé, en cuir égalementment, et de hautes bottes anglaises lacées jusqu'au genou. Une incroyable odeur de chat se répandit aussitôt par le vestibule. Transfigouratov et Bormenthal croisèrent les bras sur la poitrine comme au commandement, se tinrent près du chambranle et attendirent les premières déclarations de Polygraphe Polygraphovitch. Lui lissa ses cheveux raides, toussota et jeta un regard circulaire ; on vit qu'il voulait cacher sa gêne sous des airs dégagés.

— Moi, Philippe Philippovitch, commença-t-il enfin, j'ai contracté un emploi.

Les deux médecins émirent un bruit sec dans la gorge et firent un mouvement. Transfigouratov se remit le premier et, tendant la main, prononça :

— Montrez-moi le papier.

On y lisait, en caractères dactylographiés : *Le porteur des présentes, le camarade Polygraphe Polygraphovitch Bouboulov, exerce les fonctions de directeur de la sous-section d'épuration de la ville de Moscou des animaux errants (chats et autres) dans la section Gestion Communale de Moscou.*

— Je vois, proféra lourdement Philippe Philippovitch. Qui donc vous a trouvé cet emploi ? Ah ! mais je devine.

— Ben oui, c'est Schwonder, répondit Bouboulov.

— Puis-je vous demander pourquoi vous répandez cette odeur répugnante ?

Bouboulov, inquiet, renifla sa veste.

— Ben quoi, ça sent, c'est normal. C'est le métier. Hier, on en a étranglé des chats, on en a étranglé...

Philippe Philippovitch frissonna et regarda Bormenthal, dont les yeux faisaient penser à deux canons noirs braqués à brûle-pourpoint sur Bouboulov. Sans la moindre entrée en matière, il avança sur Bouboulov et le prit résolument à la gorge.

— Au secours! piailla Bouboulov en blêmissant.

— Docteur!

— Je ne me permettrai rien de mal, Philippe Philippovitch, ne vous inquiétez pas, répondit Bormenthal d'une voix métallique, et il hurla : Zina et Daria Pétrovna!

Elles se montrèrent dans le vestibule.

— Répétez après moi, dit Bormenthal en serrant légèrement la gorge de Bouboulov contre une pelisse. Veuillez m'excuser...

— Bon, d'accord, je répète, fit d'une voix rauque Bouboulov, complètement abattu.

Soudain, il aspira de l'air, s'arracha et tenta de crier « Au secours », mais le cri ne sortit pas et sa tête disparut entièrement dans la pelisse.

— Docteur, je vous en supplie!

Bouboulov se mit à hocher la tête pour faire savoir qu'il se soumettait et acceptait de répéter.

— Excusez-moi, respectée Daria Pétrovna et Zinaïda... ?

— Prokofievna, chuchota Zina, apeurée.

— Ouf! Prokofievna... prononçait, le souffle court, Bouboulov tout enroué, excusez-moi de m'être permis...

— De me conduire de manière ignoble la nuit, en état d'ébriété.

— D'ébriété...

— Je ne le ferai plus jamais...

— Plus ja...

— Lâchez-le, lâchez-le, Ivan Arnoldovitch, intervinrent en même temps les deux femmes, vous allez l'étrangler.

Bormenthal relâcha Bouboulov et dit :

— Le camion vous attend?

— Non, répondit respectueusement Poly-graphe, il m'a seulement amené ici.

— Zina, renvoyez le véhicule. Maintenant, pre-nez en considération ceci. Vous avez réintégré l'appartement de Philippe Philippovitch ?

— Où c'est que je pourrais aller d'autre ? répon-dit timidement Bouboulov en dérobant son regard.

— Très bien. Alors plus un mot, plus un bruit. Sinon, pour chacune de vos incartades, vous aurez affaire à moi. C'est compris ?

— Compris, répondit Bouboulov.

Tout le temps que Bouboulov subissait des vio-lences, Philippe Philippovitch demeura silencieux. Il s'était recroquevillé d'un air piteux contre le chambranle et, les yeux au parquet, il se rongeait un ongle. Puis, soudain, il les leva sur Bouboulov et demanda, d'un ton sourd et machinal :

— Et qu'est-ce que vous en faites de ces chats... que vous tuez ?

— On en fera des redingotes, répondit Boubou-lov. Ça servira d'écureuils à la classe ouvrière.

Sur quoi le silence s'instaura dans l'apparte-ment et régna pendant quarante-huit heures. Le matin, Polygraphe Polygraphovitch partait en camion, il rentrait le soir et dînait tranquillement en compagnie de Philippe Philippovitch et de Bor-menthal.

Bien que Bormenthal et Bouboulov dormissent dans la même chambre, la salle d'attente, ils ne conversaient pas, si bien que Bormenthal fut le premier à s'ennuyer.

Environ deux jours plus tard, apparut une demoiselle maigrichonne, les yeux faits et les soc-quettes couleur crème. La splendeur de l'apparte-ment la troubla beaucoup. Avec son petit manteau élimé, elle marchait derrière Bouboulov et, dans le vestibule, elle se heurta au professeur.

L'autre, médusé, s'arrêta, plissa les paupières et demanda :

— Pourrais-je savoir ?

— On convole. C'est notre dactylo. Elle va vivre avec moi. Va falloir déloger Bormenthal de la salle d'attente. Il a son appartement à lui, expliqua Bouboulov d'un ton fort désagréable et maussade.

Philippe Philippovitch cligna plusieurs fois des yeux, réfléchit en regardant la rougissante demoiselle et s'adressa à elle fort courtoisement :

— Je vous prierais d'entrer un instant dans mon cabinet.

— Je viens avec elle, prononça Bouboulov, rapide et suspicieux.

C'est alors que Bormenthal surgit instantanément, comme s'il était sorti de terre.

— Mille excuses, fit-il. Le professeur s'entretiendra avec madame, et nous deux, nous allons rester ici.

— Je ne veux pas, répliqua Bouboulov avec colère, en cherchant à se ruer à la suite de Philippe Philippovitch et de la demoiselle qui mourait de honte.

— Non, pardonnez-moi.

Bormenthal prit Bouboulov par le poignet et ils se rendirent dans la salle de soins.

Pendant quelques minutes, on n'entendit aucun bruit provenant du cabinet et puis, tout à coup, éclatèrent les sanglots de la demoiselle.

Philippe Philippovitch se tenait près du bureau, tandis que la demoiselle pleurait dans un crasseux mouchoir en dentelle.

— Le vaurien, il a dit qu'il avait été blessé au combat ! sanglotait la demoiselle.

— Il ment, répondit Philippe Philippovitch, implacable.

Il secoua la tête et poursuivit :

— J'ai sincèrement pitié de vous, mais il ne faut tout de même pas qu'avec le premier venu, simplement parce que c'est un collègue... Ma petite fille, ce n'est pas bien du tout. Ecoutez...

Il ouvrit le tiroir de son bureau et en tira trois billets de trente roubles.

— Je vais m'empoisonner, pleurait la demoiselle. A la cantine, c'est de la viande salée tous les jours... Et il me menace... Il dit qu'il est commandant chez les rouges... Avec moi, qu'il me dit, tu vivras dans un appartement luxueux... Des acomptes tous les jours... J'ai le psychisme bienveillant, qu'il me dit, il n'y a que les chats que je déteste... Il m'a pris une bague en souvenir...

— Oui, oui, oui, le psychisme bienveillant...

— De Séville jusqu'à Grenade,

marmonnait Philippe Philippovitch. Un mauvais moment à passer. Vous êtes si jeune...

— Et c'est vraiment sous cette porte cochère-là?...

— Prenez donc cet argent, puisqu'on vous le prête, vociféra Philippe Philippovitch.

Puis la porte s'ouvrit triomphalement, et, sur l'invitation de Philippe Philippovitch, Bormenthal introduisit Bouboulov. L'autre furetait des yeux, et le poil sur sa tête se hérissait comme une brosse.

— Voyou! prononça la demoiselle, dont luisaient à l'envi les yeux éplorés et barbouillés et le nez inégalement poudré.

— Pourquoi avez-vous une cicatrice sur le front? Ayez la bonté de l'expliquer à madame, demanda Philippe Philippovitch d'un ton insinuant.

Bouboulov joua le tout pour le tout :

— J'ai été blessé sur le front Koltchak, aboya-t-il.

La demoiselle se leva et sortit en sanglotant bruyamment.

— Assez! cria Philippe Philippovitch à sa suite. Un instant. La bague, je vous prie, dit-il en s'adressant à Bouboulov.

Avec soumission, l'autre ôta de son doigt un anneau creux à émeraude.

— D'accord, dit-il méchamment. Tu ne l'oublieras pas de sitôt. Demain, je vais t'organiser une de ces réductions de personnel!...

— N'ayez pas peur de lui, cria Bormenthal derrière elle. Je ne lui permettrai pas de faire quoi que ce soit.

Il se tourna et jeta à Bouboulov un tel regard que l'autre recula et alla donner de la nuque contre l'armoire.

— Comment s'appelle-t-elle? lui demanda Bormenthal. Son nom! rugit-il soudain, féroce et terrifiant.

— Vasnetsov, répondit Bouboulov cherchant des yeux par où il pourrait s'esbigner.

Bormenthal empoigna le revers de la veste de Bouboulov.

— Tous les jours, prononça-t-il, je m'enquerrai personnellement auprès de l'épuration pour savoir si la citoyenne Vasnetsov n'a pas été mise à pied. Et si seulement vous... Si j'apprends qu'elle l'a été, moi, je vous abattrai de mes propres mains, ici même. Prenez garde, Bouboulov: je vous parle clairement.

Bouboulov ne quittait pas des yeux le nez de Bormenthal.

— Il y en a d'autres qui ont des revolvers, marmonna Polygraphe, mais très mollement, et, se dérobant soudain, il fila par la porte, non sans entendre derrière lui le cri bormenthalien:

— Prenez garde!

La nuit et la moitié de la journée du lendemain, le calme demeura suspendu, comme un nuage avant l'orage. Tous se taisaient. Mais, lorsque Polygraphe Polygraphovitch, qu'un mauvais pressentiment avait piqué au cœur dès le matin, fut parti en camion pour le lieu de ses fonctions, le professeur Transfigouratov, à une heure tout à fait indue, reçut un de ses anciens patients, homme corpulent et robuste portant un uniforme militaire, qui avait demandé un rendez-vous avec insistance et l'avait obtenu. Entrant dans le cabinet, il claqua poliment des talons devant le professeur.

— Vos douleurs ont repris, mon bon? demanda Philippe Philippovitch, les traits tirés. Asseyez-vous, je vous prie.

— *Thank you*. Non, professeur, répondit l'hôte en posant son casque sur le coin de la table. Je vous suis très reconnaissant... Hum... Je viens vous voir pour une autre affaire, Philippe Philippovitch... A cause du profond respect que je vous porte... Hum... pour vous prévenir... Manifestement, ce sont des bêtises. Une canaille, rien de plus...

Le patient plongea dans sa serviette et en retira un document.

— Encore heureux qu'on m'en ait rendu compte personnellement...

Philippe Philippovitch chaussa un pince-nez par-dessus ses lunettes et se mit à lire. Il marmonna longuement à mi-voix, changeant de visage à chaque seconde : *... et menace aussi de tuer le président du comité d'immeuble camarade Schwonder, ce qui indique qu'il détient des armes à feu. Et il prononce des discours contre-révolutionnaires et il a même ordonné à sa technicienne de*

surface Zinaïda Prokofievna Bounine de jeter
Engels au feu, comme un menchevik manifeste,
avec son assistant Bormenthal Ivan Arnoldovitch,
lequel vit clandestinement dans son appartement
sans y être inscrit. Signé : le directeur de la sous-
section d'épuration P.P. Bouboulov. Signature léga-
lisée par le président du comité d'immeuble
Schwonder. Secrétaire Pestroukhine.

— Me permettrez-vous de garder ceci?
demanda Philippe Philippovitch, tout marbré. Ou
– pardonnez-moi – peut-être en avez-vous besoin
pour donner un cours légal à l'affaire?

— Excusez-moi, professeur, répliqua le patient,
très vexé, en gonflant les narines. Avec quel
mépris vous nous considérez! Je...

Il commençait à se boursoufler comme un din-
don.

— Mille excuses, mille excuses, mon bon! mar-
motta Philippe Philippovitch. Pardonnez-moi, je
ne voulais pas vous blesser. Ne vous fâchez pas,
mon bon. Il m'a mis dans un tel état...

— J'imagine, répondit le patient, tout à fait
calmé. Mais quel salaud tout de même! J'aimerais
bien le voir ne serait-ce qu'une fois. Moscou est
plein de racontars sur vous...

Philippe Philippovitch se contenta de faire un
geste désespéré de la main. Alors le patient remarqua que le professeur était voûté et semblait
même avoir blanchi ces derniers temps.

*

Le crime mûrit et tomba comme une pierre,
rien d'extraordinaire à cela. Polygraphe Polygraphovitch revint dans son camion, mal à l'aise,
l'angoisse au cœur. La voix de Philippe Philippovitch l'invita à passer dans la salle de soins. Sur-

pris, Bouboulov s'y présenta et, vaguement effrayé, regarda d'abord le canon qui pointait dans le visage de Bormenthal, ensuite Philippe Philippovitch. Un nuage flottait autour de l'assistant et sa main gauche tenant une cigarette frémissait à peine sur l'accoudoir étincelant du fauteuil d'accoucheur.

Philippe Philippovitch, avec un calme de très mauvais augure, prononça :

— Rassemblez immédiatement vos affaires : pantalon, pardessus, tout ce dont vous avez besoin, et déguerpissez de l'appartement.

— Comment ça ? s'étonna Bouboulov avec sincérité.

— Déguerpissez de l'appartement dès aujourd'hui, répéta Philippe Philippovitch d'une voix monocorde, tout en plissant les paupières pour regarder ses ongles.

On ne sait quel démon s'empara de Polygraphe Polygraphovitch. Manifestement son destin le guignait déjà et son heure planait derrière lui. Il se précipita de lui-même dans les bras de l'inévitable et aboya méchamment, avec brusquerie :

— Mais enfin qu'est-ce que ça veut dire ? Vous croyez que je ne trouverai personne pour vous rembarrer ? J'ai quinze mètres carrés ici et j'y reste.

— Décampez de l'appartement, chuchota Philippe Philippovitch sur un ton confidentiel.

Bouboulov convoqua sa propre mort. Il leva sa main gauche toute mordillée, répandant une insupportable puanteur de chat, et adressa à Philippe Philippovitch un geste obscène du pouce entre l'index et le majeur. Et puis, de la main droite, il tira de sa poche un revolver qui s'adressait, lui, au dangereux Bormenthal. La cigarette de Bormenthal tomba comme une étoile filante, et, quelques secondes plus tard, Philippe Philippovitch sautillait sur des débris de vitres et courait horrifié de l'armoire au lit de repos sur lequel, écartelé et râlant, gisait le directeur de la sous-section de l'épuration, tandis que sur sa poitrine avait pris place le chirurgien Bormenthal qui l'étouffait avec un petit oreiller blanc.

Après quelques minutes, le docteur Bormenthal, ayant changé de visage, se rendit à l'entrée principale et colla à côté du bouton de sonnette une note disant : *Aujourd'hui, pas de consultation par suite d'une indisposition du professeur. Prière de ne pas sonner.*

Avec un canif étincelant, il coupa le fil de la sonnette, et, dans le miroir, il examina son visage égratigné jusqu'au sang, et ses mains déchirées, secouées d'un menu tremblement. Puis il parut dans la porte de la cuisine et annonça à Zina et Daria Pétrovna, qui étaient sur leurs gardes :

— Le professeur vous demande de ne pas quitter l'appartement.

— Bien, répondirent timidement Zina et Daria Pétrovna.

— Permettez-moi de fermer à clef l'entrée de service et de prendre la clef, poursuivit Bormenthal, en se dissimulant derrière la porte pratiquée dans le mur et en se cachant la face de la main. C'est temporaire, et ce n'est pas de la méfiance à votre égard. Mais quelqu'un pourrait venir, vous finiriez par ne plus y tenir et par ouvrir... Or, nous ne devons pas être dérangés. Nous sommes occupés.

— Bien, répondirent les servantes, en pâlissant du même coup.

Bormenthal ferma à clef l'entrée de service, ferma à clef la grande entrée, ferma à clef la porte conduisant du couloir dans le vestibule et le bruit de ses pas s'étouffa du côté de la salle de soins.

Le silence recouvrit l'appartement, s'introduisit dans tous les angles. Un crépuscule sale, inquiet, rampa, la noirceur, quoi. Il est vrai que, plus tard, les voisins devaient déclarer que les fenêtres de la salle de soins donnant sur la cour avaient été, ce soir-là, éclairées à pleins feux chez Transfigouratov et qu'ils avaient même vu le bonnet blanc du professeur lui-même... C'est difficile à vérifier. Il est vrai aussi que, après la fin, Zina alla raconter qu'Ivan Arnoldovitch lui avait fait grand peur, dans le cabinet, près de la cheminée, après que Bormenthal et le professeur furent sortis de la salle de soins. D'après elle, il était installé à croupetons devant la cheminée et y brûlait de ses mains un cahier à couverture bleue pris dans la pile de ceux où l'on notait l'histoire des maladies des patients du professeur! Le visage du docteur était, paraît-il, parfaitement vert et complètement, mais alors là, complètement égratigné. Et Philippe Philippovitch lui-même, ce soir-là, avait l'air tout chose. Et en outre... Mais après tout peut-être l'innocente jeune fille de l'appartement de la Prétchistenka raconte-t-elle des carabistouilles...

Une seule chose est sûre : le plus complet, le plus formidable des silences régna ce soir-là sur l'appartement.

EPILOGUE

Dix jours, nuit pour nuit, après la bataille dans la salle de soins sise en l'appartement du professeur Transfigouratov, ruelle Oboukhov, un brusque coup de sonnette y retentit.

— La milice criminelle et le juge d'instruction. Veuillez ouvrir.

Des pas, des frappements, des irruptions, et, dans la salle d'attente aux armoires vitrées à neuf, étincelante de tous ses feux, se trouva une masse de gens. Deux en uniforme de miliciens, un en pardessus noir avec portefeuille, le président Schwonder, blême d'une joie mauvaise, le jeune-homme-jeune-femme, le portier Fiodor, Zina, Daria Pétrovna et Bormenthal à demi-vêtu qui cachait pudiquement son cou dépourvu de cravate.

Par la porte du cabinet Philippe Philippovitch fit son entrée. Il parut revêtu de la robe de chambre d'azur que chacun connaissait, et tous purent s'assurer immédiatement que, dans le courant de la semaine, Philippe Philippovitch s'était bien remis. Plein d'autorité et d'énergie comme jadis, Philippe Philippovitch apparut devant ses visiteurs nocturnes sans se départir de sa dignité et s'excusa d'être en robe de chambre.

— Ne vous gênez pas, professeur, répondit, fort embarrassé, l'homme en civil.

Après quoi il se troubla et bredouilla :

— C'est très désagréable. Nous avons un ordre de perquisition dans votre appartement et...

L'homme loucha sur la moustache de Philippe Philippovitch et acheva :

— Et un mandat d'arrêt, dépendant du résultat.

Philippe Philippovitch plissa les paupières et interrogea :

— Sur quelle accusation, oserai-je vous demander, et de quelle personne ?

L'homme se gratta la joue et se mit à lire le papier tiré de sa serviette :

— *Transfigouratov, Bormenthal, Zinaïda Bounine et Daria Ivanov sont accusés de l'assassinat du directeur de la sous-section d'épuration de la Gestion communale de Moscou Polygraphe Polygraphovitch Bouboulov.*

Les sanglots de Zina couvrirent la fin de son discours. Il y eut des mouvements.

— Je ne comprends rien, répondit Philippe Philippovitch en dressant royalement les épaules. De quel Bouboulov s'agit-il ? Ah ! mille excuses. Vous voulez dire mon chien, celui que j'ai opéré ?

— Pardon, professeur, ce n'est plus un chien, c'est quand il était déjà devenu un homme. Voilà le problème.

— Parce qu'il parlait ? demanda Philippe Philippovitch. Cela ne signifie pas encore qu'on soit humain. Au demeurant, cela n'a aucune importance. Bouboul existe toujours et personne ne l'a jamais assassiné.

— Professeur, fit l'homme noir très surpris, en haussant les sourcils, il faudra alors que vous le présentiez. Il y a dix jours qu'il est disparu et les témoignages, excusez-moi, sont très graves.

— Docteur Bormenthal, ayez la bonté de présenter Bouboul au juge d'instruction, ordonna Philippe Philippovitch en prenant le commandement des opérations.

Le docteur Bormenthal sortit, avec un sourire en coin.

Lorsqu'il revint et siffla, un chien d'aspect étrange franchit après lui la porte du cabinet. Par plaques, il était chauve ; par plaques, il se couvrait de poils. Il se présenta comme un chien dressé pour le cirque, sur les deux pattes de derrière, puis retomba sur les quatre et regarda autour de lui. Un silence de mort se figea dans la salle d'attente comme une gelée. Le chien d'allure cauchemardesque, avec une cicatrice écarlate au front, se remit sur ses pattes de derrière, et, tout sourire, s'assit dans un fauteuil.

Le deuxième milicien se signa soudain d'un large signe de croix, et, faisant un pas en arrière, écrasa d'un coup les deux pieds de Zina.

L'homme en noir, sans refermer la bouche, parvint à prononcer ceci :

— Mais comment, permettez... Il travaillait à l'épuration...

— Ce n'est pas moi qui l'ai nommé, répondit Philippe Philippovitch. Sauf erreur, c'est M. Schwonder qui lui a donné une recommandation.

— Je ne comprends rien, dit l'homme noir confondu.

Il se tourna vers le premier milicien :

— C'est bien lui ?

— C'est lui, répondit le milicien sans proférer un son. C'est indéniablement lui.

— Ouais, c'est le même, fit la voix de Fiodor. Sauf que les poils du salaud commencent à repousser.

— Mais enfin il parlait ! Hé hé !

— Il parle encore, mais de moins en moins. Profitez donc de l'occasion, parce qu'il va bientôt se taire pour toujours.

— Pourquoi cela? demanda l'homme noir sans élever le ton.

Philippe Philippovitch haussa les épaules.

— La science ne connaît pas encore de moyen de transformer les animaux en hommes. J'ai bien essayé, mais sans succès, comme vous voyez. Il a commencé à parler et puis il s'est mis à retourner à son état naturel. L'atavisme.

— N'utilisez pas de mots orduriers! glapit soudain le chien en se levant de son fauteuil.

L'homme noir pâlit soudain, laissa tomber sa serviette et s'affaissa de travers. Un milicien le rattrapa de côté, Fiodor par derrière. Le vacarme éclata, dominé par trois exclamations.

Celle de Philippe Philippovitch :

— De la valériane! C'est une syncope!

Celle du docteur Bormenthal :

— Je jetterai Schwonder à bas de l'escalier de mes propres mains s'il paraît encore une fois dans l'appartement du professeur Transfigouratov.

Celle de Schwonder :

— Je demande que ces paroles soient consignées dans le procès-verbal.

*

Les tuyaux résonnaient de leurs harmonies grises. Les stores voilaient la nuit épaisse de la Prétchistenka avec son étoile solitaire. L'être suprême, bienfaiteur important des canidés, trônait dans son fauteuil, et le chien Bouboul était couché sur le tapis, adossé au divan de cuir. Les brouillards de mars infligeaient au chien des maux de tête qui le faisaient souffrir tout le long de la cicatrice autour de sa tête. Mais la chaleur les faisait passer le soir. Et maintenant il se sentait de mieux en mieux, si bien que les pensées qui s'écoulaient dans sa tête étaient douces et tièdes.

« Quelle chance j'ai eue, quelle chance! pensait-il en s'assoupissant. Une chance tout simplement indescriptible. Je suis définitivement installé dans cet appartement. Et je suis définitivement certain que mon origine n'est pas des plus claires. Un terre-neuve y est sûrement pour quelque chose. Ma grand-mère était une traînée, Dieu ait son âme, à la pauvre vieille. Il est vrai qu'on m'a tailladé la tête dans tous les sens, je ne sais pas pourquoi, mais ces plaies-là ne sont pas mortelles. Il n'y a pas à en faire un plat. »

Au loin, on entendait les bocaux tinter sourdement. Le mordu rangeait les armoires dans la salle de soins.

Le magicien chenu, lui, trônait et fredonnait :

— *Jusqu'aux bords sacrés du Nil...*

Le chien voyait des choses effrayantes. Ses mains aux gants glissants, l'homme important les plongeait dans un récipient, en retirait un cerveau... C'était un obstiné, un opiniâtre, toujours à chercher quelque chose, à découper, à examiner, à plisser les paupières et à chantonner :

— *Jusqu'aux bords sacrés du Nil...*

Composition réalisée par EURONUMÉRIQUE

IMPRIMÉ EN FRANCE PAR BRODARD ET TAUPIN
La Flèche (Sarthe).
Librairie Générale Française - 43, quai de Grenelle - 75015 Paris.
ISBN : 2-253-93314-7